心碎之舞

叶倾城◎著

——我嗅见烟与尘，弥了一天，因为呛咳和空气中微微的焦香，落了泪。

忽然他说不必我陪了，工作已找好。我很欢喜，问他前因后果，他只支支吾吾。然后某一个深夜，他门口搁了一双红鞋儿……

与我自己的鞋一样的红鞋儿。

那一年，她自巴黎回来，送我一双，自己留一双："这样的鞋，全国也只这两双吧。"——曾经情同姊妹。

是夜，月色昏黑。

——野火无边，向我扑来，刹时间吞噬了我，我浴身火海，心底却有难言的清凉。

七载恋情，一夕成灰。

遗弃我的，不仅有工作、我至亲爱的人，还有，我最要好的女友。

我的全世界放逐我了。

而我本以为信之毕业后，我们就会结婚，她是我白纱的伴娘。一边上班，一边生养一个苹果脸孔、嫩藕手臂的世纪婴儿，看着他长大，会叫爸爸妈妈，自己愉悦地发胖……

我本以为。

后来便一直失眠。

在静夜里看周星弛的搞笑片，一夜五部，最后怀疑一切不过是部无厘头的喜剧片，充满莫明其妙的转折，或者噩梦，或者索性是幻觉吧。

但抬头，我看见的是太阳，渐渐升起来了，血红血红地，滴下黏热的光点，又是新的一天。——三月的天空竟还可以这样蓝。

而我，还得活下去。

"吱哑"一声，是母亲推门出来，良久，听见她低声说："锦颜，你想……"

我答："找工作。"

渐渐抵不住那渐强的阳光，只是紧紧闭眼，眼前一片黝红的黑。我的泪在眶中，溅跃如银鱼。

不然如何？

同是被情伤，杜十娘可以凄艳赴死，博天下人同声一哭。

但我唯一的百宝箱是母亲与弟弟锦世，一个老去，已然退休；另一个就读大学二年级，要零用钱比追债更不屈不挠。

莫非我还想舍下他们，变成一行晚报的小标题："痴心女偏遇薄情汉，好武警勇救轻生女"？

便搜购各种报纸，整版整版地阅读分类广告，在所有略有可能的招聘广告上用红笔画线，打电话，再飞身前去。

我以为我熟悉我从小生活的城，却发现自己时时在迷路，不断在问路。在正午的十字街头，一身大汗，不知何去何从。

这城，原来这般大，这般地陌生。

寄去简历四十九家，回音八家，面试三家，以同一句话结束：等通知吧。

漫天洒下种子，竟无一粒长成花朵。曾经一纸骄人的成绩单，本科文凭，英语等级证书，种种光辉的记忆，在长久的等待里失了重量。

仿如同样失了重量的，我的爱情。

最后，《伊人》杂志来电，嘱我带上所有资料面谈。

无名无分，没有底薪，按版面算钱，一个版 80～300 元，中午一顿免费盒饭。已经是天大恩惠。黑胖的老总皱着眉："当然了，你是中文本科，不过现在呢，硕士、博士都一排一排的……"

我只道："万事都可以。"

就这样去了。

不觉沦落，也全无劫处逢生的欣喜。不过是在暴风雨的海上飘摇，遇到什么便抓住什么。人生至此，还有什么可挑拣？

只是没想到《伊人》有这么破烂，旧大厅，天花板千疮百孔，墙粉半剥，桌椅像从中学课堂里淘汰下来的。杂物处处，报纸、杂志、信件，一座座摇摇欲坠的山。

在瞬间恍惚里，我却仿佛仍然身处银行大厅，素白四壁，浅灰地砖，自饮水机取一杯水闲闲喝下，日子恒久是秋的静寂。

许久，无人理会我，我僵在门口，不知所措。

身后有人莺声燕语道："你是新来的吧？我是编辑部副主任，我叫宝儿。"一把小嗓，是动画片中的小精灵。

我急忙转头："我姓庄，庄锦颜，以后请多关照。"——几乎被自己倒吸的冷气噎死。

嫣然而笑，她眉梢眼底唇边的皱纹，如枯柴干笋般坚硬，一层层挂着，是几十年艰苦人生路换来的。

却着肚兜式窄窄 T 恤，桃红色，滚着黑丝绦，腰间一环肉，白生生露着。烟管裤，裤下一双最时髦的重跟鞋，松松马尾辫。双手俏媚叉腰，半偏头："哇，你的名字好漂亮啊。"小女孩般惊叹着。

黄熟梅子，吃力地卖着青。

我疑心听错："您的名字……怎么写？"

她回眸一笑："噢，很简单，就是宝贝儿去掉贝，"手指在空中蛇一般回绕，描出，"宝——儿。"

宝蓝指甲油，粲如星光，一掠而过。

而那强劲的手臂，立起来跑得马，握紧了站得人。《天龙八部》里的天山童姥，便是如此吧。

而将是我的顶头上司，此后时日……我禁不住背心濡湿。

她将我安置在门口，与电话同桌，旋即转身。我情急，请示："主任，我该做些什么？"

她一挥手，嗔道："不要叫我主任，把人都叫老了，就叫我宝儿。做什么？看稿编稿啊。你新来，没有作者，先看自由来稿吧。"马尾辫甩来荡去，给她一举一动加脚注。

分明地，她任我自生自灭。

——那天，红红的朝阳，习习的凉风，我认识了路，他好高大，好温柔，好体贴，对我好好好好，他高大的身影，深深烙进我的心……

——编鸡（原文如是）老师，这是一个苦女子的心声，她是含着眼泪一字一句写出来的，请你一定要把它登出来。你要是不登，你就不是人！

——我是一只小小鸟，却有一帘幽梦，爱上你，是因为风中有朵雨做的云，能否与你共谱一曲恋曲 2000？但你总是心太软，让我因此很受伤，爱上他，不只是我的错。离开你后，你的美丽让你带走，把我的悲伤留给自己……

我鸡皮疙瘩如雨后春笋般茁壮成长。

如果用了这些稿，才真不是人呢。

时时有同事过来打电话，瞟我一两眼，嘴角弯一弯，回应了我的起立点头微笑。依稀听得议论："新来的？姓什么？"

"管呢，呆不了几天的。哼，"隐约冷笑，"以为这碗饭这么好吃。"

小小声音，是群蚊乱舞，嘤嘤嗡嗡盘旋着。

有风来，吹得薄脆劣质的稿纸哗哗掀，字迹连绵，更是无从看起。

枯坐几天，一筹莫展。

回家的时候便很沉默，脸如枯叶蝶，灰暗地扬着。

有时在家里遇到母亲多年的股友周伯伯，他温和地说："人生就像股市，有牛市就有熊市，牛市人人赚钱，而熊市，只要不跳楼，一定捱得过去。"

连这样的陈词滥调，我听了，都心头一暖。

在编辑部里，整天整天地翻旧年的合订本，无聊时，便旁听人家的电话粥。

惟有宝儿主任电话最多，跟甲老师、乙哥、阿丙、丁丁小妹们约稿、催稿、谈稿、退稿，初时耳花缭乱，渐渐便也听出些门道。

她转头看见我，随口问："怎么样？"寻常一睇，亦像是眼儿媚。

我一怔，答："大部分稿件都臭不可闻，像便秘一周后才拉出的屎，不过我想，茅坑里或许也会有钻石。"

"咦，"她诧异，"有意思。"眼眉略蹙，"下一期的策划就可以叫……'茅坑里到底有没有钻石？'写风尘女子情爱故事。"一路自言自语，兴冲冲去了。

我骇住。

只——如许简单？

怎般无中生有而又俯拾皆是？

如火柴刷地擦燃，生出火焰。

凭直觉为经，以文字为纬，交织如天网恢恢，再做一只眼观六路、耳听八方的蜘蛛，遇到任何触动，都奋不顾身扑将上去……

电话便在这时响了。

我接起，噪音隆隆里，那端一个怯怯的男声："请问，请问是《伊人》吗？"

我说："是，请问找哪一位？"

他只管期期艾艾："我，我不找谁。我是你们的读者，我有点事，是我跟我老婆，我想……"越来越口吃。显然是街头的公用电话，背景音乐是很多的人声市声，车水马龙着。

我正欲喊宝儿主任，蓦地心中一动——我见过她如何处理这类电话，又何尝不可能是我的第一个题材。遂放缓声音："不急，你慢慢说。"

他越发说不出来，只"我、我"，像给人掐住了喉咙。这般难以出口，我益发觉得重大，温柔而善体人意地："那么，你在哪里？就在杂志社楼下呀。当面谈会不会更好呢？"循循善诱。

便约了在邻近的快餐店。

甫一见面，隐约失望。

那人黑、瘦，佝偻着背像个没长成的孩子，脸却老相，抹不平的皱纹里蕴愁含苦。一口乡音，失了魂的眼睛，直瞪瞪看我，却又仿佛根本没有看见。

衬衫上，大片的淤紫油漆，鲜艳得不合情理。

一开口，脸上肌肉便抽搐不已："我，我跟我老婆，其实不是我老婆，还是我老婆。我对她好，我对她真的好，她对不起我。其实他们早就说过，美华都说：她不好，她不会对我真心……"一塌糊涂。

我只好整以暇，拖了椅子坐下，先要两杯冰柠檬茶，心中索然。也罢，只当多看一篇垃圾稿吧。

慢慢，从破碎枝节里听出了眉目。

在起初，只是一场可望不可及的绮梦。

他是近郊的菜农，每天穿街走巷地卖菜，暗暗地，喜欢上镇上的风骚发廊妹。

苍黑脸上泛起不相衬的羞赧："她的脚趾甲涂得红通

通，好看呢。"最后几个字，轻得只一阵烟，一忽儿便散了。

每天不惜多绕几个圈，看她在生意清闲的下午与附近的小伙子们打情骂俏，嗓子亮亮地传出半条街去。走路惯常扭扭搭搭，趿着拖鞋。女人们只议论纷纷：看那屁股，生过养过的呢。

又常向他借钱。又爱当着人取笑他。

镇上人家麻将的碰与和之间，大家都说：她是鸡。

他大声说："我不信。"

那一天，女子独自倚坐在门边，眼圈发黑，或是眼影稍许涂重了些。在她脚边跃跃欲试的初冬阳光，"呼"一下跳上她的手背。他鼓足勇气，问："……是真的吗？"

她只呆呆看他，然后问："要是真的，你肯不肯跟我结婚？"

"啊。"我不自禁轻轻惊呼，心里温柔牵一下，全是柠檬茶的甜与苦涩。

他倾心的女子，在明明白白的太阳地里，问他：你肯不肯跟我结婚？

是他生命中刹那的彩虹日子。

孩子般的委屈了："连美华都不同意……"

以妹妹美华为首的亲戚们，围绕在美华的身边，投入了这场反对他们结婚的战争中去。终于取得了决定性的——失败。

也办了酒，也请了客，只差那一张大红烫金字的结婚证，她说：等过年，回家再办。

却不肯让他挨身，良夜，他不甘地探手，抖抖地蚯蚓似一钻一钻。她霍然坐起，冷了脸，被子大幅度一掀带出一段风。他惶得闭了眼，再睁开，她睡到沙发上去了。

可是大了肚子。

——猜也猜得出，是怎么一回事。

人生如此颠沛曲折，而柠檬茶的金灿晶亮，令人喜欢。我又多叫一杯。

她斥他："你管是谁的。反正也管你叫爸，长大了也孝顺你。你不要，我就流掉。"当他是泥在脚下踩的轻蔑。

女人的嘴脸冰冷，没有情，也没有义。

他惶急连声："我要，我不管是谁的。"

他真的不计较。他只想赚点钱，盖一幢房子，和她养一个小孩，穿一件她打的毛衣。冬天可以一家子热热闹闹吃火锅。他对生活的要求其实很低。

买了排骨准备给她补身子，但门窗紧闭，上了锁。隔着一道门，只觉屋里极其安静。那男人提提裤子出来，看到他，睬都不睬一眼，只扬长而去。

《金瓶梅》之现代版?

又马上斥自己低级无聊。

他的嘴唇抖得要碎掉："我抓到她三次，三次，三次呀……"每一字都像打在他自己脸上的一巴掌，他满脸通红，"她昨天晚上跟我说，她要走。"找到了更好的下家。

"我对她那么好，我替她倒洗脚水，洗短裤，帮她剪脚趾甲。我跪下去求她，说看在我们的情分上，她笑，说我是癞蛤蟆想吃天鹅肉。我这样求她……"满脸肌肉都在跳动，像马上要放声大哭。

我心中暗道：这故事，卖给张艺谋还差不多，我哪里写得出来。还是心不在焉地敷衍他："后来呢?"随手把玩茶匙。

"我今天早上，把她杀了。"

我正全神贯注地观察柠檬茶中的冰如何温柔地融掉，亮晶晶，棱角全无，婉转沉浮："什么?"

"我用菜刀，把她砍死了。"

我只慢慢抬头，狐疑地看着他前胸，那大片褐红，沉黯狞厉……我整个人颤抖起来：那不是油漆。

只有这一次，最后的一次，他是最强大的。而她的血为他而流，鲜红热烈地喷了他一身，再没有其他的男人了。他终于彻底完全地拥有了她：她的生，她的死，她的全部。

一个人到底能有多少血?

我居然胡里胡涂地问："真的?"

他急切起来："当然是真的。她死了以后，脸好白，我怕她冷，又把她放回床上，给她盖好被子，才出来的。不信，你去看……"

我大骇，连连摆手："不用不用，我信我信。"

真正魂飞魄散。

茶匙在杯中"得得得"，仿佛侏罗纪公园里，恐龙的脚步，在步步进逼。

半晌，我方知觉，是我全身都在簌簌。

他是……杀人犯?

片刻间，我竟怀疑，我所身处的，是否一部好莱坞的

九流电影。

勉定心神，问："那你，那你，现在想怎么样？"

他摇头，要哭的神情又回来："我不知道。我只是很难过，想找个人说一说。我在街上走，看到你们杂志的牌子，就打电话……"

他伏在桌上，哽咽，委屈凄凉。

我借势起身："呃，这样，你——你，你坐一下，我再去叫点东西来吃。"

只须五步，便是柜台。

一步，两步……全神贯注，要走得从容缓慢，像每一个关节都悬着一柄刀，稍有失误便会血肉纷飞。

最后一步，我越趄扑向，一把攥住电话。

啪啪连按叉簧，惊惶问："小姐，你们电话怎么不响啊？"

小姐漫不经心："噢，今天我们这一片换号。现在电话都不通。"

全身鲜血为之一冻。

怎么办？

这时，柜台旁一个男人转过身来，递过手机："小姐，你要有急事，先用吧。"

我刚欲接过，突然肩上搭上一只手。我不由得一声惊叫，后退半步。

他潮湿的呼吸直喷到我脸上来："小姐，你要吃什么，我来买我来买。"急急伸手掏摸，"我有钱。"

我语无伦次："不吃，我不吃，"蓦地想起，"好好好。

我要。给我，给我……"

小姐热情推荐："薯条好吗？鸡腿好吗？可乐好吗？"

我说："都好都好。"

对手机男人频频摇头："谢谢不用了。"如果眼睛可以说话……

那人错愕一下，继之微笑。

我行尸走肉般回到桌前。

他看看吃食，又抬头看看我，脸上露出畏缩卑微的笑："好香。我两天没吃饭了。"

我赶紧说："那你吃吧。"

——蓦地掠过的，是完全不相干的事。

那是去年，我喝减肥茶减肥，每天跑二十次卫生间，泻之不尽，泻之还有，最后坐在马桶上站不起来，全身软成一堆泥。

双股栗栗，汗出如浆。

尚不及此刻之万一。

他安心地、没事人一样地埋头苦吃。白色塑料叉匙在他粗黑硬拙的手里，格外脆薄。

那是农民的、出过重力握过锄的手，只想本分地男耕女织，但她逼他。

终于将一切都摧毁，覆水难收。

我偷眼看他的裤兜，鼓鼓凸起，是暗藏凶器吧。一个小男人的豁出去。

身侧有拖凳子的声音。手机男人坐下时，眨眨眼向我示意，年轻朗然的脸孔。

笑容如荒漠甘泉明澈。

看见我托小姐传过去的纸条，微微一呆。

我双手捏把汗，却刻意目不旁视。

他随手将纸条揉成一团，捏在手里。起身，招来小姐结账，轻声细语，连一眼也不看我，消失在门边，外面是阳光亮丽的街。

人潮涌动里，仿佛一滴水的蒸发，不可追寻他的去向。

突然间，我想起来了——

今天是四月一日。

手机男人一定以为是个拙劣的玩笑吧。以至于嘴角一直带笑，得意于自己的不被愚弄。

这该死的、天杀的愚人节。

我如坐针毡。

对面的男人，从碗盘间努力地抬头："你是不是有什么事？要不然就先去吧。"

"先去"？他所指为何？

我张惶四顾，想寻求援助。

门无声开启，是那手机男人去而复返。而玻璃长墙外，我看见警车，悄悄地，靠近。我大喘一口气。

说："我报了警，你恨不恨我？"

他嘻嘻笑，像吃得饱饱的，百不思恋，天下本无大事："杀人偿命，我知道的。你肯听我讲这么多，我已经很感激你了，我只有最后一件事……"

奋勇站起来。

我再也支撑不住，惨叫起来。

踉跄后退，仿佛一步一步都踏在血泊里，踢起血花遍天，迷了我的眼睛。

一双手，自背后撑住了我。

我惊悸转头，警徽下男人坚定的脸孔，如一道闪电，蓦然出现。我仿佛是自地狱烈火中逃身而出，遇上他，是千人万人里的唯一。

那样近那样近他的脸，是庇护，是一个劈面打下的烙印。他高高大大地罩住我。

他说："小姐，没事了。"声音沉着。

再一回头，两个警察早已一左一右，把那人摔在桌上。瞬间天下大乱，快餐厅里，众人尖叫逃避，却有人笑嘻嘻推门进来，当看大戏。而他拔起头来，声音高亢："小姐小姐，最后一件事，听我说……"

我退半步，贴近身后大团的温暖，像抵住了依靠，心中安定。才颤声："你说。"

警察人高马大地揪着他，他越发麻雀般黑小，诚惶诚恐："小姐，谢谢你陪我这么久，今天这顿饭，我来付账。"想偏头，被警察一记重手，只竭力，"钱在裤袋里。"

非常喜剧化地——

我高叫："不不。"他亦高叫："我付我付。"最后柜台小姐不大耐烦了，刷一下，抽出他的钱包。

是他人生轰轰烈烈的闭幕。

我的戏份却没有完。

大幕重又拉开，是在公安局里。

姓名，年龄，职业……

我有三分踌躇，"我，算是编辑吧。"

"工作证。"

我静默片刻。

那警察抬头。四十上下年纪，略带风霜的脸，却有职业杀手般的骄傲而冷峻，不多话："工作证。"

莫名的，有些微伤心。

隔着他的办公桌，一室的严冷气氛，我们只极远极远。然而片刻之前，他曾拥住我护持我，他说"小姐，没事了"之时，双臂温暖坚硬，像童话里的热石头。

恍然如梦，如不曾存在过。

我低声："我没有工作证。"软弱地解释，"我其实是在银行里工作的，但是今年机构改革——"

看见他胸牌上的名字：沈明石。

破折号几转几折，说不出口。他只不动声色，目光灼灼射人。

狠狠心："我下岗了。"

如此艰窘，像在坦白我的堕落。

他只道："你说一下当时的经过吧。"

微微皱着眉聆听，不苟言笑的脸一如磐石，不可转移。然后问："他不认识你，那他哪来的电话号码呢？"

"杂志上印的有，或者他可以问114。"

"于是他找你？"

"咦"，我约略有点不耐烦，"我不是说过了吗？正好是我接电话，如果是别人接，那很可能就是别人。"

"你不认识他，就跟他出来？"他的问题锤子般一记一记敲着。

完全当我是人犯讯问。

我心下有气："大白天的，我怕什么？"

"哦，随便有人打电话，你就可以出来？"

"为了编稿子呀。编辑对题材感兴趣，与当事人见面，是很正常的吧。"我顶撞。

"也就是说，你当时知道是什么题材？"问得清淡，字里句里却有利刃。

阳光自玻璃窗上闪过，弹起一把碎密的光针，往我眼中一洒，眩惑刺痛。我再也按捺不住，霍然而起："你到底什么意思？"

泼妇般双手叉腰。

"你怀疑我跟他串通好了，谋杀亲妇？你有证据吗？无凭无证，凭什么这样盘问我？索性严刑拷打好了，"我冷笑，"我是个最没骨气的人，三木之下，你要什么答案我都给你。"

剑拔弩张地瞪着他。

沈明石震愕，良久不做声，忽然，笑了："你这女孩子，怎么这么大脾气呢？"温和地，如对小女儿般的三分宠溺。

我立刻："谁是孩子？"

话一出口，自己也讪讪，可不是活脱脱的小孩子口吻，最恨人家把自己看得小了。

他只探身，递过一张纸巾，不多言语："擦一下。"

我抗议："我没有哭。"

"汗。"

停了一脸，热辣晶透的汗，像身体内里的燃烧，溢出水蒸气。他只看着我。他的注视这样静，如星光下，狮子嗅着一朵玫瑰花的静。

周身万千个毛孔都开了闸门，喧腾奔涌。我汗落似雨，按一下额角，纸巾顿时湿透，揉成稀烂的球。

蓦地想起"做贼心虚"的老话。

他更怀疑我了吧？

他又递过一张纸巾来。

我哑声："你还要问什么？"

直至最后唇焦口燥，天疲倦地昏黑下来。

沈明石起身，客气而倨傲："庄小姐，今天麻烦你了，谢谢你。以后可能还会找你，也请你协助。"伸手。

我并不与他握，只突然问："他会判死刑吗？"

他怔一下，随口答："那是法院的事。"

或是死，或是终其一生，困于四堵高墙之内。

便是终结了，人生不再有选择的机会。

是春日的黄昏，暖，而香尘细细，一如慵懒女子。街上人很多，嘈杂拥挤，人人携着一天积累下来的倦意，皆步履匆匆，烦恼疲惫的脸容。

但我突然记起那人最后饱足宁静的笑容，是心愿已了，生无可恋吧？

多么好。

我竟不能如他，为了爱倾尽所有。

饿了，去路边超市买了一块巧克力出来，边走边吃。

"嘀——，嘀——"一声一声，打招呼似的汽笛在我身后。

车门半开，探出一个修长身影。

我脱口而出："手机男人，"挂上一个笑，"他们也问完你了？"

他略有迟疑。

我忽地明白过来："你走了？后来一直不见你。警察一来你就走了是不是，手机男人？"

他朗声大笑："我听过最精彩的绰号，不过我宁愿你叫我伊龙文。"递过名片。"去哪里，送你一程？"

我忽地有些心疑："你走了，为什么又出现在这里？"有点悻悻地，"剩我一人，跟他们费尽唇舌。"

他笑："呵，因为我是通缉要犯，身负重案，所以一见警察就吓得屁滚尿流，又不敢走远，躲在附近听风声——这个答案，你可满意？"轻轻问。

拈着他的名片，少许犹疑，——许多时候不过是明骗罢了。笑吟吟："淑女守则第一百零一条，不可以随便上人的车。"

"哦，"他一挑眼眉，兵来将挡，"现在还流行淑女吗？"

我觉得他实在可爱，笑出声来。舔舔手指上的巧克力，包装纸一扔，便跳上车去。车内淡淡的花草香气，清凉怡人，我满腹厌气一扫而空。

他开动了车:"生死关头,身家性命都能托付,现在反而怕我拐你到河南?"

脸色正大光明,眼睛的一睐,却仿佛探戈的狂野舞步,让人刹时心旌神荡。

我失笑。如果不曾遇过浪子,那么,他是了。但我生命中的劫数,我已遭逢,而在最初的最初,人人都说:信之是个本分人。

总是曲终人散去,此刻,且跳一曲探戈舞吧。我道:"古龙说,陌生人是很危险的。"

他笑了:"《边城浪子》看得很熟啊,那么下一句还记得吗:比陌生人更危险的,便是身边最亲密的人。像你,碎你心的人,是陌生人吗?"

我嗤笑:"我一颗大好的心,完整无缺,几时碎了?"而我一颗大好的心,隐隐作痛,在胸中哭泣滴血。

他戏谑:"魔镜啊魔镜,请你告诉我,这世上,除了爱情,还有什么可以让一个扬眉女子黯然神伤?"

魔镜啊魔镜,也请你告诉你,这世上,除了爱情,还有什么会更美丽与残忍,伤害更彻底与不可愈合?

我只掉过脸去,良久不语。隔了褐色玻璃的街景,一一流走,像云外的另一重天,与我漠无关连。

伊龙文立即道歉:"对不起,我交浅言深了。"

我竟掩不住声音中的灰败:"你送我到前面路口就行了,我还要去拿自行车。"

——居然,根本瞒不了人。

他应:"好。"徐徐停下,问:"不礼尚往来,互'片'

一番?"

我道:"我没有名片。"

他递过纸笔,派克笔素身圆拙: "把电话号码写一下吧。"

我信手握住,想一想又推搪:"我刚去单位,还不知道电话号码。"

他一怔,随即忍俊不禁。

我脸不由自主涨红。

今天的第二次,我的举止幼稚生硬,似儿童般不谙世事。只急急推门下车。

辗转到家,上得楼来,天已经夜了。

终于可以哭了,一步扑进母亲怀里,像扑进鸿蒙初开的天地,重是婴儿,所有言语都用哭泣来表达。

——却如着蛊般定在昏暗门边。

日光灯煌煌开着,母亲正坐在沙发上,全神贯注看报纸的股票版,而她手里握着的——我几乎不相信自己的所见——是一具放大镜。

放大镜在眼前,一行一行移着,在那蚁阵似的行情表,搜寻着。是找到了吧,放大镜凑得更近,她低头,手指一字字点过去,口唇微微翕动。

何其专注,如小时我在生物课上,自显微镜里读一只草履虫的足迹。

是老花。我长大,锦世长大,而母亲竟已经老花至此。

她一抬头看见我,报纸一推站起来:"怎么回晚了?吃饭了吗?单位里加班?现在适应新工作了吧?"连忙下厨替

我热饭，又探头出来振奋地告诉我，"今天行情不错，老周说，后势还会好，叫我追加一点呢。"

如刀寸寸割着我的心。

老花，啰嗦，发间的银丝，小打小闹地炒股，弄很多食物来给儿女填下。像在冰川上的失足坠落，老去的过程极险峻且不可回头。

怎么可以，我还要她为我操心，为我担承？

我说："哦，单位有点事，走不开。"

成长，原只在刹那之间。

第二天被宝儿骂得狗血淋头。

她声音像青春片中义正辞严的小班长，作派像对男友轻责薄怨的少女，但内容："……当然了，我知道你是大机关下来的大菩萨，呆不惯我们这种小庙，想走就走嘛，其实呢，今天不来都没关系……"刻薄之至。

我低着头，是是是，十分恭谨，眼光落下，是她的粗跟鞋，笨重结实，仿佛上身已变成天鹅，脚下还拖着丑小鸭的脚蹼。

宝儿的出身，只怕比丑小鸭更劣，至今拖着，不肯放下。

等她小小、刻意优雅地抿一口雀巢，我才解释来龙去脉。刚说到三分之一，她已拍案而起："好。"双目炯炯生光。

"这是头条题材嘛。庄锦颜，你明天写好交给我，六千字，赶第六期。"啧啧数声，竟有艳羡之意。"天上掉馅饼给你捡着了，你运气不错嘛。"忽地喝一声，"照片呢？你怎么不记得跟他合一张影？"

这人，思路不大正常吧？

我啼笑皆非："是，我运气不错。最好他把我绑做人质，然后警方力克顽敌，救我出来，就更好了。"

她忽然俏皮起来："到时别忘了打电话给《焦点访谈》，连杂志也可以顺便广告一下。"微微感慨，"可惜好题材如同好姻缘，可遇不可求。"呈现了中年的皱纹，只一恍。

握笔良久，我终于写下："他说：也许是因为阳光的缘故，她的眸子如碎钻闪亮。小街上寂寂的了无人迹，她是哭过了吗？……"

亦不枉他结识我一场。

宝儿几乎是将稿子摔到我脸上的。咆哮："庄锦颜，你真伟大，真故事也有本事写得这么假。你写的是纪实你知不知道?!"

我声辩："新闻的六要素我都交代了，这里还有这里，他怎么说我就怎么写的。只是修饰一下文字。"

她几乎要背过气般地捶桌："谁要看你卖弄文采，读者要看血淋淋的真相。"怒不可遏，"还什么'因为了解，故而悲悯'。什么导向！同情杀人犯，号召大家都去杀人?"声口嘴脸，难以形容。

我唯唯诺诺，只心中阴毒地想：再打扮花枝招展十倍，也是枉然，哪有男人肯娶这种女人！

不敢言。

以红笔，将所有废去的词句一一划掉，狠狠地划了又划，力透纸背，是许多道红肿的鞭痕，鲜血淋漓。

握笔太紧，食指都隐痛起来。

就这样："1999年4月1日，笔者正在编辑部看稿件，忽然有一个男人打进电话，自称是《伊人》的忠实读者，十分信任《伊人》，愿意把他的感情问题与《伊人》的编辑们探讨一下……"

收梢："在对他表示愤慨之余，我们也深深惋惜于他的不懂法，缺乏法律意识，终究犯下重罪。等待他的，将是法律的严惩……"

宝儿大悦，只加一行字："本案还在审理过程之中。"

我靠在桌上，良久良久。

再不能了。

只是一篇稿件，都得闭起眼睛，睡去脑子，心亦装作一无所知，收拾起所有智识感情，吮的是人家的血，咳出的是垃圾与痰。

原来不必杀人放火才需昧着良心。

卑微的，为着五斗米。

接下来几日都忙得死去活来，连想的时间都不大有。

只是电话每每陡地一响，我便一惊。听它一声一声、固执哀恳地响了又响，才终于迟疑伸手："喂。"干干的声音，在话筒里回荡。

那一次——

"锦颜，你几时可还我的笔？"

陌生声音，却有说不出的熟稔。

我大惊："你是谁?"

"看来多忘的不仅是贵人，还有女人。我姓伊，伊龙文。"他笑道。

我一低头，掌中所握，可不就是那只派克笔。禁不住惊呼一声，怎么竟糊涂至此，带回来，用了几天都不知觉。

连连道歉："对不起，我不是有意的。这个这个……怎么还给你呢?"尴尬了。

他学我："这个这个。"取笑，"颇有领导之风嘛。"口气轻松，"中午一起吃饭，你带下来还我好了。"

我两分犹豫。他已说："当然，如果你忙，今天忙，明天忙，这一个月都忙，就算了，先拿着用吧。"极尽挖苦之能事。

他在门外绿树荫下等，抱一束红玫瑰，一朵朵都深湛如血，小小地皱着。看见我，眉一扬，笑。条纹衬衫，黑西裤，齐整短发，抬手时腕上旧金表略黯。衣着保守而笑容佻达，却都在分寸之内，异常挺秀。

我忽然起了白流苏的心情。

纵不能托付终身，起码面子有光。

午后天上一朵朵胖胖的云，我们在湖边吃活鱼。他与我碰杯时，说："cheers。"

相谈甚欢。

他只长我两岁，却已是法国巴黎大学的电脑硕士，在一家叫"忘忧草"的贸易公司里做总裁助理——自嘲："大太监李莲英身份。"

少年得志，却并无骄色："不过是因为有张文凭罢了。

而我的文凭，也无非是钱堆出来的。考不上大学，就去国外混，一年三万法郎，打我这么个金人都够了。"笑。

真坦荡。

拈一筷酸菜鱼片，他道："这汤，真肥。"又解释，"法文里，比较浓的汤就叫'肥汤'。说占便宜，就是'捞到一棵肥卷心菜'。汤里最肥的那一棵。肥发是油腻的头发；肥水是油垢的洗碗水；说话肥肥的，"考我，"你猜是什么意思？"

我想了想："肥——，通荤吧？说话比较荤？"

他赞："加十分。那么，肥早晨呢？"

此刻是草长莺飞的暮春时节，我说："夏天吧，太阳出来的早，于是早晨格外长……"

他摇头点破："是睡懒觉。日上三竿仍高卧不起的早晨还不肥？周六狂欢，分手时可以招呼 grasse matinee：明天肥一个早晨。"

我喝一口蓝带啤酒，支着头，苦笑："我的早晨、中午、晚上都很瘦。"

宝儿主任慨然把我的，呵不，她的"茅坑钻石"分我一杯羹，嘱我做一切琐碎工作，稍有不是，即杏眼圆睁："大学里没教过吗？"对当前教育制度深有不满。

——她永远忘不了自己没读过大学。

龙文很明白，只道："开始都是这样的。我刚上班时，天天被老板骂，现在也好了。锦颜，你的资质比我好这么多，一定很快就可以上手。"亲昵地拍拍我的脸，"孩子你慢慢来。"

　　如此轻车熟路，对答便给，我愁肠百结都笑出来。谁天生便是情人呢？在爱情的沙场上，又何尝不是一将功成万骨枯。

　　我问："多少个？"

　　他呆一下："什么？"

　　"被你碎过心的女孩子。"

　　他答得幽默："对不起，一个都记不得了。我只记得那些让我碎心的人，害我背人垂泪到天明的那些。就像独孤求败，他才不记得手下有多少败军之将呢。"

　　"那么，又是多少个？"

　　他稍有沉默，笑："一个就够叫我粉身碎身，万死莫赎了。"又拍拍我的脸，"妹妹，你的好奇，可以杀死一只猫了。"

　　这般地，肌肤相亲，却只觉明净。

　　酒的触摸在我体内缓缓游走，如此缱绻，我松弛渴睡。

　　但时间不肯为我停下来；

　　冰冻啤酒一忽儿便暖了；

　　玫瑰的凋零只在今夜；

　　杂志的出刊时间越提越前，只争朝夕；

　　宝儿也不可能放弃逼我去公安局查三陪女的资料——她的理由是："你去过的，见面三分情，再找人好说话些。"

　　公共汽车上颠着簸着，那一点点微醉惺忪，摔到九霄云外。我的头针刺般疼。

　　而公安局的大厅幽暗，我一抬头，对面无声地站了一

个脸色惨白、衣服皱褶的女子，她的彷徨我如此熟悉。

定一定神，才回过来，那是一面大镜子。

忽地，我呼吸一顿。

镜中，有人自遥远处走来。高大、沉定，寻常警服穿出不一般的傲岸。寂静室内仿佛有大浪滔天，而他在风浪里以泅者的姿态，一步步向我走来。

是沈明石。

一面大镜冷冷横亘在我面前。避无可避。我只拼命低头，佯装整裙带，手忙脚乱，半晌都解不开。

他从我身边走过，目不斜视。

瞬间，惘然若失。

尚得强打精神，苦苦哀求那小办事员。

他皱着眉，很烦我逼他话说得不好听："我们这里资料，是什么人都能查的吗？你说你是杂志社的，也没有记者证……"

我连忙说："我有工作证，还有介绍信。"活学活用自宝儿处学得的巧笑。

"这种，"他颇不屑，"抽屉里随时翻出四五件。"显然学得不到位。

"哗"一下拉过报纸来，不再理睬我。

我的笑容冻住，像悬在半空中的灯，摇摇欲堕，但觉越来越烫疼。许久，我难堪地说："那么，谢谢你了。"慢慢转身。

听见电话响，他接起："喂，"突然向我，"你等一下。"整个人不知不觉立正，一路端正响亮地应着：

"是、是。"

我僵着，进退不得。

他搁下话筒，只上上下下打量我，惊疑不定，咳嗽一声，又咳嗽一声，问："你要查什么呀？"一时，自己的表情也调整不过来。

我已大喜过望，连声："谢谢谢谢谢谢谢谢……"无数个。

楼道上所有的窗都开着，阳光一窗一窗地倒进来，水泥地面上一格明一格暗，是光与阴影的舞蹈。我记起"跳方格"的游戏。

踏，踏，踏，一跃，又一跃……

是我脚步的惊动吧？有谁，推门出来，方要迈出一步，又退回去。

我只作不知，低头快步猛走。

他在背后招呼我："资料查好了？"非常平静的声音。

连转身的动作都这样艰难，我终于与他面面相对："那个电话，是你打的？"

他维持着抱臂的姿势，不动声色，可是渐渐，眼中荡开笑的涟漪。他的笑容，如一片大海深沉。

我忽然，心中踏实。答："还没有。"

说："我想搜集第一手资料，能不能看一下妇女劳教所和戒毒所，还想采访卖淫女本人。可以吗？"——呵，是否太造次？

他怔一怔，答我："哦，只想去这些地方？不想去女子第一监狱和拘留所？"

我大叫:"想。"大笑起来。

黄金的午后,他带我去戒毒所。自繁华街市,至小巷曲折,渐渐青草凄凄,两边的门牌上写着"天堂河",到处散着垃圾,发出腐臭,却有不知名目的紫红花朵开放。

我先还嘻笑,此刻手心发冷,喃喃:"居然,叫天堂。"

沈明石只一贯不言不笑,专注开车。淡到极点,"总得有个名字吧。"

冷得更甚。断瘾区里,一个女子正嘶吼挣扎,一把一把扯着自己红金色的发。骷髅一般瘦干,皮肤上一条条黑死的蚯蚓。

沈明石瞄一眼,道:"那是针孔。"

夜叉般狰狞,我却记起她的歌: "有爱,所以坚强……"电视画面上,她赤足长发,野性而小小的面孔绽发兰花的清香。我困惑:"怎么会?她那么有名,那么有钱……是否因为太有钱了呢?"

"也许。"沈明石毫不动容。

她突然挺起身,尽力向我的方向一扑。

隔着房门,我仍惊叫一声,后退数步。

靠在墙边,想吐,又吐不出什么,只纷纷的一脸汗。沈明石拍我的背:"没事的没事的。"至此才流露一点点温暖。

我霍然握住沈明石的手,低声:"这一生,我们能决定的事,其实很少。"

没头没脑不相干的话,但他轻轻答:"但我们能够决定,是吸毒还是不吸。"

我紧紧捉着他的手，像把着救命稻草，迫近我的，是他冷峻刚毅的脸。抬头我看见，远远高墙上的密密铁栅，锁住了天空。

他是这样一个男人，那么冰冷的表情，那么热烈的体温。永远像与我隔得千山万水，又分明在咫尺之间，是我双手可以握住的事物。

蓦然间，觉得害怕，像恐惧洪水与烈火；又满心渴慕，像向往清水与炉火。只是握着，握着，不能更紧了。

交了相当漂亮的一篇稿给宝儿，而她在总编会上大力为我争取："……像庄锦颜，才来一个月，这期拿出一个头条，一个策划，还不该拿一级版面费？……就因为是新人，才应该好好栽培……不服气，拿稿子出来比呀！"大喝一声，"是骡子是马拉出来遛遛。"

我听得眉开眼笑，几乎当场爱上她。

自然不是为我。

八个编辑分为两部，宝儿和老董分别统领，我们拿版面费，他们则视手下总额而定。

而一本杂志不过五十几个版。

故此明争暗斗，每编一期稿都是华山论剑，决战江湖。而终审一判，成败一目了然，白纸黑字。各人眼中的不服不驯，荧荧跳着，不断在空中相遇，爆出淡绿火花。

宝儿渐渐视我为手下干将，把她觉得有可能的题材交由我，又在我的版面中，不客气地瓜分三分之一。

但即使这样，我仍是感激宝儿的。

你好我好大家好，才是真好，难道我还不明白？

终于是发工资了。2783 元。注：税后。

一小迭钱，在会计手里最后点一遍，递过来，如斯沉重。那管财务的女孩子大眼睛眨一眨，撒旦一般无辜，仿佛正以现金购置我的灵魂。但她只是说："签字。"

又何尝不是血汗钱。

有年轻女同事放恣哇哇叫："一个月忙得屁滚尿流，只这点钱，索性傍个大款算了。"

宝儿听见，冷笑连声："想做二奶？好啊。你知道现在行情是多少？"提高声音，"一月两千块。要会煲二奶靓汤，床上三十六式，还得随时准备大奶上来抓你的脸，把你扫地出门！这世上哪有免费的午餐?!"一锤定音。

当下全编辑部鸦雀无声。

我在酒桌上向龙文转述："如果辛苦能换到尊严，绝对是值得的。"

是他说，要为我把酒相庆。

我以为："也是，第一个月。"

但他答："不，庆祝你渐渐的康复。"

桌上，他抱来的大束白色花朵，绽着嘴唇似的小小花瓣，清冽芳香。而我在铁板牛排的轻微嚄啪声中心中一酸。

脚底仿佛又是砾石钝而冰凉的疼。

那夜，我只是静静，脱下脚上的鞋，搁在她的鞋旁边，仔细并齐：我不要了，连同他七年的情爱，连同我曾经以为，与她一生一世的友谊。

赤脚走过深夜的街。

一步步，踩着自己的粉碎。

何以至此？这人生的凋零破败。

我低声说："她帮他找了工作。"

虚弱的，不知是想帮谁辩护。

龙文只道："看，成长必经的历程，难道你真的相信，象牙塔里的爱情，可以经得起真实生活的大风大浪？"

很久，我才呼出一口气："本是同林鸟，大难来时各自飞？"

他嘉许："难为你明白。"

是，我想我慢慢明白了。而恨意，亦如此易于消逝，如同爱、美丽或者青春，有相同的本质。半晌我自嘲："简直不敢相信，有段日子，我恨不得明天地球毁灭了才好。"

他笑："马丁·路德·金说过：'倘若有人告诉我，世界末日就在明天，我也还要种一株苹果树。'锦颜，三百年前的人尚且懂得。"

因为有希望，如此甘甜丰美，我们才能够与一切噩运与不幸抗衡吧？

如浴火的凤凰，终将从灰烬中重生。

我举杯，扬眉笑："cheers."

渐至微醺。

他送我回编辑部，在门口，随手递我一盒物事。是我最喜欢的杏仁巧克力，香浓之中含着一粒硬核，像妩媚女子的一点点任性。

我怔："你怎么知道我喜欢吃巧克力？"

他笑了："傻呀。"

被爱宠的感觉，如被供奉，有观音般的慈悲与温柔心情。

下班后，先去了锦世学校，给他两百块钱零用，他迟疑一下："姐，最近我们学校搞很多活动，可能花费要多一点……"

桌上一本高数书里，露出一帧照片的一角。

是才匆匆忙忙塞进去的吧？

我心动一下，沉了脸，唤："锦世。"

锦世直抓头发，嘿嘿笑得有点狼狈。

我说："大学时候不要谈恋爱，没有结果的，我就是最好的例子。"苦笑，"除了浪费时间，一无所得。"

他支支吾吾："没有啊，刚刚认识，一般同学，只是玩一玩……"眼光溜来溜去，不敢看我，却不自觉，生出笑意。

在起初，爱情总是使人欢喜忘忧。

我正色看他。

他反反复复，叫我："姐——，姐——"渐渐央求了，摇撼着我的手臂。

他的喜悦饱满，是麦粒在五月的南风里低头。

而窗外，是大学的春日，绿叶婆娑，红花开，白花开，蜜蜂蝴蝶都飞来。阳光自由自在，打在男生女生年轻的、风一般的脸上。

本来便只是一桩春天的故事吧？

当爱情初来。

我不说什么，再抽两百块给他。

顺手拍拍他的头，是祝福了。

——我又何曾听过人家的劝？

爱情的丰美与残酷，都必得亲身领取，而不到伤到最彻底，谁都以为，自己可以是个例外。

其余的，原封不动交给母亲。

但她只眼圈一红："锦颜，你瘦了。"

我大惊，连忙："真的真的？我瘦了？哇，"原地旋个圈子，"减肥终于有成，可喜可贺。"又问："听说国家要开征利息税和遗产税，你问问周伯伯，是利好还是利空？"

千方百计哄着她。

凄凉却挥之不去，长治久安。

有一夜编稿子，编到一篇写下岗女工的，里面引了一段顺口溜："下岗女工不要怕，抬头走进夜总会，有吃有喝有小费，工资翻了十几倍，谁说妇女没地位，呸，那是万恶的旧社会。"

我哈哈大笑，笑得上气不接下气，听见自己的笑声，变成一种空洞的渺茫的声音，凄惨地，在房里回荡。

夜色越沉反而更澄澈，是透明的铅，一颗星也没有。我心深处，像被火苗一燃一燃烧着般地痛。

我的旧日时光……旧藤椅，咯吱咯吱响着……懒懒的青色行服……与女伴一起去做资生堂的面膜，泡掉一个又一个中午……如睡莲般慵倦开谢，生生死死都是同一个池中……即使只有现在收入的三分之一，我仍然怀念。

因那份安全、妥贴、山河静好。

我并不钦羡娜拉的出走，但我的老日子，已经与我离

异了。

必得勇悍地,靠自己的双手活下去。

《伊人》所要的稿件,无非现代都市的三言二拍。

有情人终成眷属,奸夫淫妇一定遭天谴,心地善良的苦孩子终会上天垂怜,歹毒的富人会遭报应,历尽艰难为儿女换肾、治病、求学、复仇的母亲是伟大的。

不过如是。

千百年来,中国人的道德观及审美观都不曾有更大的变化。

我尽情翻手为云,覆手为雨。

越来越顺手。

甚至如宝儿所赞:"天生该吃这碗饭。"

太累的时候,便和龙文出去玩。

他新换了车,墨绿福特,敦厚形状,车前灯斜斜挑起,仿佛一双圆圆大眼,憨憨直直瞪着人。我欢呼:"小牛犊。"他便取笑我:"像你。"

坐着他的小牛犊,兜遍全城。

逛街、购物、嘻嘻笑笑、巧克力和花。

他自云南出差回来,送我大盒蝴蝶标本:镜中羽翼,如星辰漫天闪耀。

渐有同事投我以艳羡颜色。宝儿口气隔夜汽水似泛着酸:"庄锦颜,看不出你还很有本事嘛。"余音袅袅,打着波浪号。

却只是不挂心,因而交往甚为轻松,想龙文对我亦如是。

樱花如粉红雪飘零时分，去看缠绵绯恻的爱情片，银幕上大雨滂沱，男女主角互喊对方的名字，扑向的瞬间，我便无可救药地睡着。

醒时，身上盖着龙文的外套，刹那间，却仿佛有一双温暖的手自我掌心滑脱。

那条名叫天堂的河流，正流过。

许久，我不敢去找沈明石。可是为着稿件，不得不。

他一个人，静坐在桌后翻看材料，笃定沉着，神色极其投入，仿佛手中不是一件寻常文件，而是秘笈。一种气度，从他身上辐射而出。

他抬头的瞬间迅捷如鹰，看到是我，微微一笑，站起来："好久没看见你。"

在那一刻，我仿佛看见他四十年来积下的全部人生态度。

我开宗明义："人传最近出了起大案，是千万富婆买凶杀小白脸。我想写。"

他一皱眉，很嫌恶："男盗女娼，有什么好写。"

我纠正他："不，男娼女盗。"胡言乱语，"怎么没意思，弘扬女权哪，为二奶们出口气，看，男人也有这么不要脸的，多么大快人心。"

他脸一沉，厉声斥我："胡说什么。女孩子家，怎么对这个感兴趣。"

如此责斥我的，何以是他？

我默然半晌，决定坦白："因为它是大稿的材料，也许

可以上头题，被转载，拿一级版面费和稿费。因它是我的玛娜，上天赐给我每天的食粮。"

以及：

杂志社又进新人，李洛，三十几岁男人，会笑会说话的眼睛，八面玲珑，进退活络，甚得宝儿欢心。带他在身边，给他作者地址——作者是编辑的金矿，向来不肯示人——给他题材，带他采访。站他背后逐字逐句教他编稿时，一双手有意无意搁他背上。

无时无刻，听见宝儿叫着："李洛——"长长地拖着，拔丝汤圆的黏而甜，牵起千丝万缕。

而李洛知情识趣，叫她："宝儿姐姐。"

我们眼观鼻，鼻观心，听若未闻，却谁悄悄一句："李郎。"又是谁轻轻："宝姐姐。"立刻有人接："宝兄弟。"嗤笑声时隐时现。

本月该人已交三篇大稿，起码十四个版。

其余众人皆岌岌自危：

新欢已出，谁与争锋？

而锦世借钱的频率越来越密。

坚持着，不肯承认是恋爱，仿佛怕一语道破天机，便自此失效。

脸容却如天地初开，山河震动，一切一切都是新鲜的，无邪喜悦的。

还有，股市泄得一塌糊涂。

每晚都听见母亲懊丧的赌咒："再不玩了。这次只要解了套，我一定把钱都取出来，再也不炒股了。"

脸色像屏幕惨绿。

有下午的阳光，在我脸上亲亲拍拍。我不再说什么。

想他应该明白：生命中的如许重负。

不是急功近利，只是不往前去，便一定会往后掉。

沈明石分明震动。许久方问："写这种东西，喜欢吗？"五月了，热风拂着他的衣服，微微扬。他一直看到我心里去。

我笑，吐露心声："吃屎一样艰难痛楚，生理心理双双作呕。"

不由得低下头，抱住自己，像很冷很冷。

他突地向前跨了一步，却又趔趄立住："我带你去。"

从拘留所过来，时将中午，我一路都很静默。他忽然一看表："请你吃牛肉面吧。"

暗旧店堂，桌椅油腻，但朱底金字招牌微微生辉："汪师傅牛肉面。"牛肉很烂，面也煮得入味，我也实在饿了，唏哩糊噜一会儿扒得精光，连汤都举起来喝得干干净净。一脸滚烫的油汗。

一抬头，沈明石早吃完了，抽一枝烟。店堂里电风扇呼呼吹着，满屋子只剩了我喝汤的声音，他忽然说："你这人，性子真急。"

我不甘，翻他一眼："谁说的？"

他随手自桌上纸里抽出一长条纸巾，递过来："汗盛的人，性子怎么会不急？"

冰冷声音里的一丝疼惜，像铜墙铁壁间攀出一茎小草，格外触人心弦。

我还一直以为他没有注意。

只默默接过，细细地拭了又拭，纸巾很快湿透，他又再抽一张。

老板娘端来一碗暗绿浑汤，搁在他面前，他搅一下，我探头："什么？"

"绿豆汤。"

"绿豆呢？这绿豆汤怎么没绿豆？"大呼小叫，像质询：钻戒之上何以不见钻戒，情人之间如何缺了爱情，巧克力里怎么一无可可滋味。

他答："我不吃绿豆。"

我嗤一声笑出来："哪有男人这么挑嘴。"

他只低头喝汤，等我笑完，才若无其事："小时候，家里穷，难得煮一次绿豆汤，只喝汤，绿豆不舍得吃，要接着熬，直到熬烂、熬化，什么都熬不出，才捞了渣子起来吃。"

泰然地，喝着。

我震动，半日愧疚道："对不起。"

他只很平静，泥土一般的素朴平静："又不是你的错。"

老板娘又端一碗给我，与他搭讪："太太好吗？孩子好吗？"再笑嘻嘻问我："小姐第一次来？牛肉面好不好吃？"

我赞美："从来没吃过这么好吃的。"

她胖胖的很得意："那当然，我们是百年老店，"一指，"这匾是光绪年间，两广总督张之洞亲笔题写的呢。"

等她去后，我悄悄问沈明石："真的？"

"起码四十年。"如常言简意赅。

我恍然:"你小时候住在附近?经常来吃面?"

"不,吃不起,总是从门口经过,看见有人把吃剩的半碗泼掉,口水直滴。"笑一笑。那一笑是时间的安详,都过去了。

很久之前的事,却像近在股掌的心情。

"一次也没来过吗?"我问。

"不,十五岁去当兵,妈妈带我来吃过。"儿童一样的称呼,儿童一样脸上放着光。

"我吃掉一碗,又吃掉妈妈碗里所有的牛肉,添了两次汤。那时,我想,将来有钱了,天天带妈妈来这里吃。"

我温和地说:"现在可以了。"

他微笑:"她去世了。"低下头,"我当时在办案子。等知道……最后一面,也没有见着。"

结束之后,最深重的悲伤也只是淡淡的叙说。他只眨眨眼睛,仿佛有砂在梗痛。

"那,你父亲呢?"

"哦,我两岁他就去世了。"

我不由自主说:"我也是十岁父亲就去世了。"

竟只记得二胡了。

诊断出是肝癌晚期,药石无效。父亲只说:要回家。

酷暑的夜,永远在停电,空气漆黑滚烫,像死去,没有一丝风。父亲坐在走廊上拉二胡,看不见他的身影,却听见琴音,无比的炽烈与凄凉,幽幽地在夜色里回荡。

母亲说:曲子叫《二泉映月》。

……渐渐,听不见了。

那时的我，其实还不知道发生了什么。

关于父亲的记忆，越来越模糊，还是他当年年青、爱笑、常常给我买巧克力、偶尔抱我在膝上沉默的样子。但母亲老了，我和锦世长大，有完全不一样的面容，如果在天堂里再重逢，他是否还认得我就是他最心爱的女儿？

沈明石忽然说："这一生，我们能决定的事，其实很少很少。"

呀，他居然记得这么清楚。

我禁不住拖过他的手，将自己的脸孔埋进去。

生命中的不朽，也许便是这些极短极短的瞬间。阴影忽然移步进来；他的眼睛是极深夜色，有光闪动如星；以及我心底，刹那的冲动。

梅雨将至时节，编辑部里一桌一椅，所有纸张都生出淡绿霉点。浓茶亦经不起三次泡，益发如清水，我只觉口中寡淡。

中午他们送盒饭过来，掀开来，青菜、鱼肉、榨菜，皆颜色暧昧而气味可疑，重油重盐地混为一团。

同事们吵着要出去吃饭。众人扰扰攘攘至门边，李洛忽然回头看见我，关切问："庄锦颜，一起去吧？"

"哎哟——"宝儿千回百转地嗔道，挽住他的臂，有点事业爱情双丰收的意气风发，"人家等男朋友来接呢，轮到你这么多事多嘴，真不识趣。"

"啪"一记，拍在他背上。

简直是打情骂俏的现场演示版。

便如此静下来了。

而我，在窗前立了太久。

身后，龙文敲敲门："问女何所思？问女何所忆？"笑着。

我也笑："女亦无所思，女亦无所忆。万般皆下品，唯有编稿难。"——为工作而困，是这年头最被原谅接受的理由。

龙文说："不然，给你介绍一个题材？是我的老板，叫方萱，是个女人。这家'忘忧草'就是她创的业。喏，你知道的，萱草便是忘忧草。"

"女老板？"我些许讶然，"你说她叫——"

龙文答："方萱。"十分衷心，"一个全无背景的女子，自一无所有到千万家资，赤手空拳打出一片天，你说厉不厉害？"

我颇有兴趣："她是如何发家的呢？"

他稍许迟疑："不好说。"

那自然，斯时斯世，一个人的财富自何而来，即使对自己，有时亦不便透露。

"踩着男人的肩膀上去的吧？"我笑道，"抑或，仅仅是一个男老板面前的女人？"

龙文闻之色变："锦颜，这可不像你的口吻。如果我现在说你，下岗后轻易找到工作，现在混得也不错，一定因为背后有个男人，你又怎么想？"语气温和，意思却重。

我顿时羞惭无地，满脸通红。

真是，几时沦为这种小女人？

自己不成器的一点点功劳，都如黄莲酿蜜，点滴皆辛苦，应该大书特书，万人敬仰；别人，则通通是服了兴奋剂、裁判吹黑哨、收买了奥委会成员，得来全不费工夫。

我小小的自尊，犹如坐井观天。

连声："对不起。我只是——"

并无可狡辩。

咳嗽一声："她私人生活呢？"

龙文欲语还休："未婚吧。"凝滞一下，"你何不自己问她？"低头看表，"去吃饭吧。"

我片刻犹疑。

白玫瑰的富丽大厅，银盘托来精致餐肴，我偏爱七分熟的黑椒牛排……但我突然想念舌头的辣和刺痛，以及满头大汗的感觉，如同沐浴。

我只说："你老板那边，帮我约个时间。嗯，今天，我还有点事。"

便遇上他的眼睛，自幽黑店堂里转身，如豹在密林里灼人的一闪。他只略一扬眼眉，不说什么。有人与我招呼："哟，庄小姐，你也在这里吃呀？"

竟有十几条大汉，都是他的同事，个个挥汗如雨，小小店堂被逼得格外浅仄。

而他身边，坐了一个女子。

也穿了警服，但那份绿仿佛只缘于今季流行橄榄色，窄窄直裙，双腿内敛地并着。不时与他说些什么，他只默默聆听，很少说话。

她……是谁？

空气里充满躁动的热。我的汗，并无人知觉。

我在另一张桌前坐下，难堪至不能抬头。

而他们嘈嘈杂杂添汤加面，叫酱要醋，又自顾自讨论单位里的杂事，言谈间频频呼他："沈处长。""沈大哥。"又唤她："沈大嫂。"

而她温和回应着，轻言细语。

在他的世界里，他是处长，大哥，某人之夫。

我，并无立身之处。

他说了句什么，只三四个字。而她微微侧头听着，筷子静静提在胸前，像墨醋笔饱，落到纸上前一刹的郑重。指尖优美纤细，握着筷子的顶端。

我下意识看一眼，我握筷的手，竟与她在极其相似的位置上。

而我曾问过的，以年轻女子的莽撞："你老婆是干什么的？"眼睛亮晶晶，全是好奇。

——用词"你老婆"，老而婆婆妈妈，几乎眼前跃出一个庸俗肥胖的中年女人：趿一双烂拖鞋，傍晚与小贩为一毛钱争半个钟头，为丈夫的没本事、没钱、没后台对他嗤之以鼻，又把全世界女人视为假想敌，随时眼里射出刀子来。

他只答："同事。"

"怎么开始的呢？"

他又答："同事呀。"

仿佛一切皆乏善可陈。

而我此刻恍然明了，那是否因为，是否因为，二十年的朝夕相处，所有的爱、眷恋、互相的贴近，都变得极其自然平易吧？

她只是一个寻常良家女子，丈夫是她的姓氏，妻子是她的名字，她与他之间甚至也许无话可说，也许甚少相拥而吻，但仍然是亲切的。

那份亲切，与我无干。

他们吃完，一哄而散，还不忘与我招呼："你慢慢吃。"我仓促应着："好走好走。"

大队人马，扰攘经过我身边，服务员刚好端了两碗面过来，避让间，碗中汤汁一荡，有几滴溅到我腿上，通红灼痛的一刹。

我揪了卫生纸，却忘了揩。

一身大汗，如下了一场大雨，淋着大屠杀后的现场，腿上的油污，像血，浮起来，扭曲地冲出一条条鲜红的血沟。

我周身都是轰轰声。

他夹在人群中，始终不发一言，很快就走远了。那样的，从容不迫的步伐。

隔得很远，还听见他们的说笑，如雷声杂沓。喧哗中，我听不见他的沉默。

而我的疼，原来只是我自己的。

牛肉面这样辣，满碗红油。我挑一筷子，食不下咽，只连连呛咳，口中像要喷出血来，非常狼狈。

怎么止血？如何才能让伤口愈合？

我还记得，我的泪曾一滴一滴打在他的掌心，仿佛陨石坠落，而他默默承接，一如大地。

但刚刚的他……像寒冰冷雪。

是我弄错了吗？

远远街外，有一首歌，柔绵唱着：

他爱我，他不爱我；

拥抱的时候这么温暖，心却离我隔着十丈远；

他爱我，他不爱我；

对我说甜蜜甜蜜情话，说话时不肯看我的眼睛。

……

哀怨地，唱彻正午的街。

以后很久，我只是很努力很努力地编稿。

对作者甘言媚词，对宝儿唯唯诺诺，对主编花言巧语，对同事穷凶极恶："什么叫抢作者？他自愿给我稿，我拿机关枪逼他了吗？你编的稿子上不了，还要人家从一而终？自己反省一下吧。"这样的嘴脸，连自己都不敢对镜。

那女孩气得仿佛要扑上来打我。

我只冷冷看她。

过些时，她便不见了。

编辑部里人员来来去去，如风流总被雨打风吹去地改变。

我并无疚意。

　　我们不过是匍匐而生的一茎小草，面对的，却是整个自然世界的严酷及不可动摇。顺它者生，逆它者生，除此，一无选择。

　　我也曾经是被淘汰、被弃逐的人。

　　甚至对龙文："不，不，我不想动，不想出去，不想看电影，不想听音乐会。谢谢，谢谢，什么都不想。我很累。"

　　龙文沉默一响："锦颜，何必如此？我乐意与你在一起，陪你玩，但你不能这样对我招之即来，挥之即去吧？"

　　许久都不再有他的电话。

　　他是生气了吧？但我顾不得了。

　　交过稿后短暂的空闲，便陪母亲上股市，她全神贯注地看红红绿绿行情，又与周先生探讨不休，我站在一边，非常地耐心。

　　周六锦世回家，我不待他开口，便问："手头紧不紧？两百够吗？还要不要？"禁不住抱一下他，像有无限的忧虑与盼望，在他身上。

　　而已经高我一个头的锦世，被我抱得十分尴尬，肩臂不断挣来挣去，终于抱怨："姐姐，你弄得我很不舒服。"

　　星子密如雨点的夜里，一个人去看电影回来，骑车经过湖边，远远有个人影向我招手，当我靠近，他出其不意拉开裤腰，跳出一条惨白。

　　我只是冷冷看他，说："你不怕冷吗？"

　　——初夏的湖边吹着微微腥气的风，湖中时时泼溅一声，银光一跳，是鱼。

逼视着他，看着他的慌乱、不安、溃败。他提衣而逃。

我哈哈大笑。笑声像野火一朵朵开在深夜里。

赛艇队的墙上："卧薪尝胆，再铸辉煌。"说得真好，简直像是说给我听的。

还有什么呢，全都使出来，我怕什么？

只是像在暗房子里的扑扑跌跌，连痛都全神贯注。夏天唱着歌儿来了，我的日子五光十色，人间种种我都见识了，却都是黑白片上色，光影突兀。我心只像秋茶新沏。

尝试做一个聪慧婉转的女子，给沈明石打电话，唤他"沈处长"，客气请托，用上许多"请、谢谢、对不起、劳驾你了"，请他吃饭，了解一桩人情。

不过是人情罢了。

但接电话的人说："他出差了，去南宁。"

我忙忙问："去多久？几时回来？"

但电话已断了，一声声的嘟嘟嘟。

突然间的一沉，是我嘴边酝酿的言语都无处可去，落入心底。

李洛在敲我的桌，将我自恍惚状态惊醒："开编前会了，庄锦颜，快点，迟到宝儿要骂人的。"

我只应："来了。"退半步——何苦沾老板的男人。

他只管笑吟吟看我。三十岁男人的眼睛，有太多占便宜的妄想，像厨房的窗，蒙着一层油灰。

而怎生不见我的那一个人？他的眼睛，是一块明澈的石头。

是安排出差的会。北京上海这等水草丰美之处，自然

是李洛诸人的囊中之物，一布置完他，宝儿便很给面子的，第一个问我："庄锦颜，你想去哪里？"

我想去哪里？我到底想去哪里？

火车在深夜里穿过市区，熄灯后的车厢只有"哐当哐当"的声音，我坐在窗边，掀起窗帘的一角。

灯火在极其逼近的地方繁华流丽着，却一闪而逝，火车径直驶向无尽的黑暗，仿佛驶向人生的漫漫长路。我轻轻抚着玻璃，唤着自己的名：庄锦颜。如此陌生，像在问另外一个自己。

假借公差之名，打着约稿的旗号，万里迢迢，我去到南宁，所追寻的，究竟是一段心事，或者生命中不可推拒的定数？

黑暗像永远突破不了的藩篱，辗转半夜，终于昏昏然睡去。

不到六点，就被吵醒，睁眼一看，简直叫不得一声苦也。

一车厢都是旅行社的，一式一样的红帽子，大人叫、小孩哭，女人蹲在铺上便给毛毛把尿，一道喷泉自天而降。有头狮子在水房大声喊老公送毛巾肥皂——当下我便记起老舍先生语录："真喊得有劲，连卖票的都进来了，以为是卖糖的杀了人。"

稍停，便打起牌来，下铺围得满满，小孩穿梭奔跑，踩得茶几边凳上一溜脚印，连坐的地方都没有。

老舍先生语录之二："有中国人的地方就没有秩序。"

我只躺在铺上翻杂志，时翻时停，朦胧间听见有人敲我的床边："小姐，借杂志看一下行吗？"

是对面的一对夫妻，说是姓俞。太太纤长美丽，长裙流泄如瀑，而先生矮胖，与我说话时一脸谦和笑意，点头不尽，越发像企鹅了。

我说："随便看。"又婉拒他递过来的荔枝。

不知谁突然发现，我不是他们的人。见我单身，便自作主张照顾我，问长问短："出差还是玩？""哪里人？"……在公共场所，说话要特别响亮——是老舍先生语录之三。

连在火车上都被迫社交。这人生。我叹口气。白昼里看到毯子上洗不掉的污点，更睡不着了。

好不容易，他们在桂林下了车，在站台上与我招手："过几天，我们就到南宁。南宁见。"

南宁山水皆绿，处处繁花盛开，六月的街巷，小家碧玉般的清秀明娟。清晨或者下午，会无端地落一场微雨，有如微泪。

我忘了带伞，每天只是奔来奔去地避雨，孤单地抱着背包，踏着自己的脚步声，有时无处躲藏，便仰起脸，任雨点落在我脸上，密如轻吻。

少刻，便也停了。

当地杂志社的熟人曾招待我一餐，席间，我问："南宁有多大？如果想找一个人……听说一个朋友好像也来了这里……好像……"他们便笑，道："比起北京或者上海，南宁很小很小，但还没有小到，每个人可以在街上，遇到每

一个人的程度。"

于是，喝了很多桂林的三花酒，入口温柔清甜，落后却在我腹内、血管里、脑海中奔腾，是吉普赛女郎的欢笑高歌。

仿佛人生：开始总是淡淡的相逢，它的后劲，却是我所不能预测。

在清秀山，在雨中的棕榈树下，抑或经过青石的小街，我时常记起他们不经意的话。

明石！

但我们曾在另一座大许多许多的城市，蓦然遇上。

或许他已经回去了，沿着长长的铁轨。

若你没赶上这一班车，我的火车已开远，你可听见，一百里外有汽笛在鸣响……一百里呀两百里，三百里呀四百里，你可听见，五百里外，有汽笛在鸣响……

睽违是什么呢？也许便像一首乐曲里相隔的两个音符，生生世世在一起，却永生永世不能遇到。

一念及此，只觉这城格外宁静，万事万物都不留痕迹。而已是第四天了。

我不能无休止地耽搁下去，或者去桂林兜一圈，要么回程在长沙停一停，总之变也要变出稿子来。否则空手回去，宝儿会劈了我，而我的差旅费将泡汤。

要不杜撰个爱情故事吧？在南国的小城里发生与结束。此处已是大陆的尽头，女主角自深夜走出车站，身后灯火一盏盏熄落，这是今夜最后一班火车了。纵有后悔，纵想退却，也必须等到明天。

是在看到一座熄灯休息的火车站后，我才知道，什么叫永无退路。

是最后的下午，我在民俗园里照相。园中有桥，桥上有廊，令人想起一部叫做《廊桥遗梦》的电影。下着雨，白玫瑰花瓣似地溅着。

就让他们因为风雨的缘故，在廊桥上相逢，陌生地站在两个遥远角落里。她的黑发湿了，乌乌闪光。外头雨始终不停，而桥上极干燥安逸，他终于说："你好。"她羞涩地笑，道："你好。"……

我奋力爬上大戏台，远远地，要选一张廊桥的远景。园中游人稀落，鸟儿啁啾，我举着镜头，不时调校，忽然之间——

取景框里出现了一个凛然高大的身影。

我静静放下相机。

是真的，他就站在戏台下，磊然抱臂，悠闲地看着我。那是第一次，我看到他穿便装的样子，简洁 T 恤，淋得略湿，透明地贴在身上，露出他黧黑的臂膀。

他微微的笑，牵动了嘴角。

忽然出声："别跳。"着地的一刹，我只觉踝间一阵剧痛，"喔"一声叫出来，身子一歪。他一步抢上前扶住了我，让我靠坐在戏台前。

我只"嘘嘘"吸气，说不出话——原没有那么疼，但他在。

他将我摆好，便在我面前跪下来，将我的脚举高，抱在怀里，上下摆动，又用力揉搓。"疼吗？疼吗？"他一声声问。

他就在我面前一寸之地，头发短、黑，粗硬而茂密，像北方的青纱帐，抚过去微微地辣手，有芒在我的手心，分明是个倔强的男人。

从前我以为中年人，发梢必有一层灰，是时间的银屑。他的黑发，却宛如少年。

我叫他："沈明石。"

他被人这样叫，还是很多年很多年以前吧。此刻听来，是否心头有些异样？

他应："嗯？"

我又叫："明石。"他抬眼："什么？"

是人生的掷地作金石声。

我一垂眼，便有泪，落在他的黑发上。

他的样子。他的样子。他的样子。

当我遇见他，在尖叫、惊恐、血与温柔之间，频频后退，跌入他的怀中，如同跌入不可测的幽谷。不得不遇见的，是他。他的脸孔，仿佛沙漠里的水晶玫瑰。

而我，是否终将只是他的驿路桃花？

我只噙着泪，看着他，一直笑一直笑，心里有一眼泉，汨汨流淌，水泡活泼地迸裂，溅得一天一地都是笑。

这个男人是我的。

这眼前的一天一地都是我的。

雨就停了。又是热辣辣的大太阳。

旧街，两旁有纯朴的木房子。

阳光晒着，明石黝黑的肌肤有汗珠密凝。

这男人高大，坚挺，沉默如岩石。纵使赤手空拳，也像全身甲胄的青铜骑士。

他青铜一样的身体里，是否也有一颗柔软的心？

我被他轻轻握着的手禁不住扣紧了，指甲陷进他的掌心，该是镂了一弯浅浅的新月印痕吧，微泛血色。他只若无其事。

约翰·列侬这样唱着：当你穿越街道前，请握紧我的手，生命正在眼前发生，切勿踯躅。美丽的美丽男人。

车水马龙，倒像洪荒，只我们两人，牵手而行。

我忽然道："我第一次见你，觉得你十分无情。"

他微笑："见多了，自然麻木，这不是一个多情的职业。"

"那你看我呢？是什么样子？"我追问。

他看我一眼，但笑不语。我用力曳他的手："说呀。

他笑道："傻乎乎的，又凶巴巴，随时都像要和人打架，你打得过谁？"我气得捶他。

很重的几下。"打死你。谁叫你气我。"

他只微笑："像你这样人还在社会上混，没被人踩死，也是奇事了。"

忽然沉默少顷："我年轻的时候，你信不信，比你还傻。我刚到派出所，第一次办案子，抓人，那家老母哭着抱住我的腿，我……想起我妈妈。心里一乱，给犯人上了手铐，居然不记得扣叉簧，他就逃跑了。"

我大惊："还有这种事，后来呢？"

"又抓回来了。那以后，再没犯过这种错误。"略略叹惋。

他曾有的一线稚气，此刻掉落何处？

生命原是最严厉的导师，我们都被教化，心甘情愿，奉着我们的十诫。

玩疯了一样，搭六块钱的的士，去中山路吃一块钱的粉，老友粉、牛杂粉、炒肉虫、猪肺汤……林林总总叫了一桌子。

我拈起一块肉类研究半晌，看不出名目，就丢到他碗里去，前所未有的娇纵任性，他便夹起来吃掉。

又喝凉茶。涮锅水似漆黑的一大碗，喝得我简直龇牙咧嘴："什么叫自找苦吃。"

卖凉茶的妇人笑得金牙灿烂。明石笑道："你看人家都笑话你。"

我嗔他："那你喝。"

他二话不说，接过碗去，一手撑腰，喝个精光。突然身子一侧，碗底向我照一照，孩子似的顽皮。我掩脸笑得不亦乐乎，掌心滚烫。

拥来大群游客，哄哄抢位，有人指着我叫："哎，这不是火车上那个……"

戴着一式一样的红帽子，欢欢喜喜与我招呼："好巧啊，还是碰到了。"又打量明石，大声喳喳："是你朋友啊？"

我啊啊数声，有点窘迫。明石已站起身，弯身握住我的手："走吧。"略不避嫌。穿过一排排好奇的眼光，如穿过枪林弹雨。

夜极深的时候，我们在邕江上最后一班游船上饮啤酒。闪闪的车灯，星子般游走，邕江大桥如银河般闪耀。

从此岸到彼岸之间，轮船缓缓掉头，正对着大江东去的方向。我忽然问："明石，如果这船……"

如果这船出了事，生死关头，你愿意与我偕沉吗？如果这船的对岸是桃源，我们是否可以将一切天堑穿越，自由地发生感情？如果这船从此开向大海，在七大洋间漂流，你会生生世世陪在我身边吗？

他只一低头，避开了我所有的如果。

对于时间，永远是欲勉无从。终于、还是、注定、不得不回去。

自走廊进入宾馆房间，一室幽黑，明石摸索到墙边，探寻开关，而我忽然攀住他：

"明石，我喜欢你。"

是酒？还是我心中积蓄的热量？

我说：我喜欢他。

——赤裸裸的表白。仿佛阿Q对吴妈说："我想和你困觉。"多么无耻与天真。

但我没有第二种方式了。喜欢原是心里种下的树，在夏日微风里，努力地扬着一树绿叶，结满甘美葡萄。我自己载的树，我自己酿的酒，我心甘情愿自己醉。

明石愕住。

我从不知道我可以这样大胆与放任，将自己贴紧他，

极近极近，仿佛想让自己变成一根芒刺，以最痛的方式锲进他的身体。

陡然我四周腾起一团热。弥漫着，裹紧我，带着烟草气息，比火焰还要刺痛，像酷暑正午时分的阳光，一排灼热的金箭——是他的身体，在刹那间呼应我。

他仿佛想要退后，但地毯不肯配合他，他脚下一绊，我们双双栽倒在床上。

空调吹出极细的风，床帏上的长丝流苏，微微飞扬，纠缠在一起，剪不断，理还乱。我们在大床的正中相拥。

黑暗里，一如山河静峙，却有大潮的澎湃，以无限的巨力击打着堤坝。那奔流的，是谁的欲望？

他环过我背后的手臂，紧绷，着力，却一直轻微动荡，是他心底的挣扎：推开，或者抱得更紧？脱身，还是陷落至那不见底的森林？

我仰头，看向他。

我看见我自己，短发飞散，额上有微光，嚣张地，固执地，却又软弱地在他视眼里。他眼中，再没有其他的了。

月亮升起来了，细窄的半张脸，隔着白纱帘偷窥，洒得一地银色窃笑。我们只躲在月光之外，那更大的阴影与寂静里。

他一点点向我俯近。吸烟的缘故吧，唇上颜色微黯，纹路腥红，像燃过的烬，只待我轻轻一嘘，便会吹落所有死灰，火焰轰天烧起。他向我俯近……

忽然弹起，疾速地后退，一直抵到了窗口。那男人壮硕的身影在月光里。

他说："对不起。"

光从他身后来，我看不清他的脸，只有他的声音，飘摇不定，沉在黑暗里，又在月光里浮起。

他再说一遍："对不起。我忘了你的脚不方便。"

简洁、明确，他的声音，是潮落后黑礁的冷与定，十分不动声色。——他竟然，这样大义凛然地说，是因为我的脚？

我刚想起身，顿时脚腕一阵剧痛，尖锐地刺出来。我发不出声音也迸不出泪，只僵在半起不起的位置，像不甘心的自溺者，至死维持着挣扎的姿势，肿涨丑陋，一动不动。

"你别动。"他疾步上前，双手扶住我，将我放平，叮嘱："早点休息吧，今天不要洗澡了。"问：要不要盖毯子？再问：空调是不是太冷？三问：要不要调高几度？

仿佛没有比这更重要的问题了。

他最后的动作，是为我掖好毯子。那是扶我、牵我、为我按摩时轻而有力的手，此刻却静定自若，再亲密些也无妨。

月光便这样，照着他刚刚立过的地方，一片荒芜的惨白。一瓶正红花油静静伫立在床头柜上，这就是唯一了。他走时并没有回头。

他不喜欢我？

他不要我？

明明地，在瞬间之前，大地震动，山川变色，他曾拥紧我，整个人像一座即将爆发的活火山，我知觉他周身几

千度的高温。

他的拥抱，令我肩背生痛。

却突然消弭于无形。

我面红耳赤：是他看轻贱了我？

但不是这样的。

在没遇到他以前，我的心仿佛大都市最繁华处的圣母院，烟尘滚滚车声四起，我只很静很静，日子恒久暮鼓晨钟，夜半才到客船。

而他，是我的埃丝美拉达。

我身体深处的潮骚。

但他，拒绝了我。

或者，他也是为我好，怕片刻欢愉带给我终生憾恨。

我该怎么告诉我，我并不是一时冲动……

是清晨的门铃叮咚叮咚，我惊起忙应："来了。"是他吗？裙子睡得稀皱，也来不及抚一抚，仓惶之间找不到拖鞋，赤脚跳过地毯。

却是酒店的服务员，红帽黑衣："是庄小姐吗？这封信是早上一位先生送过来，嘱咐九点半之前一定要交给你。"

所有言语动作都像下意识，我只能颤抖地、急忙地撕那信封。连撕几下，拆出来，是一张参加旅行团赴越南四日游的票。

边防证上我的笑容，非常不标准。

是昨日他为我照的相片上剪下来的吧？

太意外了。我举起票，对着光线看一看，又把信封翻过来，敲一敲。的确，没有一字半句。

半晌，大笑起来。

我以为里面会是什么？

现金支票？

抑或一封"亲爱的锦颜：当你看到这封信的时候，我已经离开南宁了。虽然我也很喜欢你，但是我已有妻有子，还君明珠双泪垂，恨不相逢未娶时，今生无缘，来生再续吧……"

明石岂是这么做作夸张的人。

他是否以为，一切都是我的假日，年轻岁月里倾尽所有"酷"一次，燃烧一回，反正不浪掷青春也会过完的，像杯中的酒，不被痛饮，便要在宴后被泼洒。如果我要玩，他便友情参玩，甚至让我玩得更痛快点。

无非假日，无论发生于罗马，还是南国。

亦是好意吧，我接受。

只是，中年男人的心，无从捉摸。

在酒店大堂里会合，远远只觉得眼熟，果然听见有人叫："哎也，是你呀。"

大家都老熟人一样笑咪咪看我，等我归队似的。我也笑了。世界如此之小，我们注定无处可逃，一路谙熟地点头招呼。

猛然僵住，脱口叫出："是你。"

龙文悠然自后排走出，惯常略含笑意，一步一步，越出众生之外，仿佛是在人海里分花拂柳而来。

一步一步，他踏入我生命的舞台。

我笑得勉强："真巧，总是遇到你。"

龙文忽然俯身下来，语声轻柔而目光灼灼："不，是我遇到了你。"

像大幕初初拉开时分，两个演员自不同方向上场，在舞台中央华丽地相遇，上演一场好戏，锣鼓点子频敲，是一记记用声音表达的问号与惊叹号。

众人的眼睛都瞪成铜铃，目不转睛地盯着我，有人脸上已经露出赞美的神色。

我猜他们肯定在想：这女孩子，貌不惊人，色不出众，却国内一个，国外一个，太有办法了。

龙文随手拎起我的行李包，向前走。

而我并没有问他：为什么到这里来？出差还是旅游？真的吗？

就好像，明石也没有问过我。

总是在微雨的清晨里，在下龙湾边等游轮，我突然将相机丢给龙文，发足奔向对面，站定了，催着他："龙文，快照，快照。"

"咔"一响，到底是留下来了。

上了船，回头看，那座咖啡馆仍然淡黄淡黄地停在雨里，无声岁月流走，是备受摧残的脸容。杜拉与她的中国情人是否曾在这里对坐，喝一杯西贡咖啡？

她的身体曾在他床上横陈，对她的记忆终生不朽，他说他爱她将一直爱到他死，他所要的只是一点时间。这样的激情与魔狂。

但他抛开她，忘掉她，把她还给白人，还给她的兄弟。

只因为：没有了财富，他算什么？

船缓缓开动，一路掀开雪白浪花，是一朵朵海上的白莲。如果在西贡河上相遇的，是我与明石，离开了他的身份，他的家，他盔甲似的骄傲，他又算什么？

热带的太阳辣辣升起，空气腥咸，扑过来都是盐分。舱中座位旁竟有一朵凤凰花，不知是谁在无意间遗下来的，自此沦落风尘。我拾起来，在手中把玩，它绢一样微褶的花瓣，忽然带着调皮笑容，插它在鬓边。

是它的最后一艳。

龙文举起相机留住，嘴上不忘刻薄我："南国黑美人。"

只是没有选择，不要做酷女郎，就得甘心老土。做不成玩世不恭的新新人类，就得为情所伤。

因那爱一般炽烈的阳光，我不后悔被晒得更黑。

一只蝴蝶经过我的身畔，小小灰色的翅子努力地扇动着。而它的身下，是大海的蔚蓝。

我迷惑了。

它从哪里来？它难道不知道一路前去，是无边的大海，自此寻不到任何一个驻足之处，一朵为它盛放的花？海的对面是它永远不能抵达的天堂，而它飘洋过海，为了去看谁？

我靠在窗边，微微晕眩。龙文起身，把窗帘拉下，边缘始终不肯平复，阳光便一掀一掀地进来，他用手按住它。

稳定的、离我非常近的手臂。

我心动一下。我其实也可以拥有一个温柔疼惜的男人，发展一段单纯的感情，安分地过活。为何是我自己的心，

不允许？

我眯眼笑："多谢，有男同车真是好。"

龙文转过身来，叹口气："我认识你以来，没见你开心过一天。"

我强辩："没有啊。"

他冷笑一声："自己照照镜子看。不笑的时候，倒像还好；笑起来，眼睛和嘴巴不合作，一个笑，另一个像随时要哭。"

我不语。

他说漏了口："那老男人，也值得？"

我一惊："你在说什么？"

他哂笑："中国人，真是全世界最古道热肠的人，虽然萍水相逢，也觉得有义务对我的一生负责，故而知无不言，言无不尽。"

我问得不是不紧张的："你信？"

他答："当然不。任何话，只要不是从你嘴里说出来的，我都不信。你来告诉我是怎么回事呀。"

我一声不响，起身向舱外走。他眼中一刹时的责备，与我何干。

越南的夏天如此，酷烈炎热。有渔船突突突追上我们，兜售珊瑚贝壳海鲜，全旅行社都轰动了，大张旗鼓地讨价还价。我只在甲板上走一走。

一转身，龙文在背后，我疾速转身，兜兜转转，又遇到他，我又赌气走开。各自不发一言，只负气地玩着捉迷藏的游戏。

满甲板，避也避不开的，是他的眼光。

不远处，俞先生夫妇也凭栏而立，脉脉牵着手，俞太太腕上的双鱼银钏玲珑碰撞，而俞先生胡乱地揩一把汗，额上油光直泛。

我借机走过去，问俞太太："你们结婚多久了？"

她脸上忽然掠过一丝羞涩，低下头去："快十年了。"

我不禁在心中感叹：除了俞先生这样谦和朴实的男人，谁当得起这般的活泼俏丽；而若不是俞太太的温柔与细腻，又有谁能懂得一块璞玉的珍贵？

而我，我低下头。

船上有女子开始为我们唱越南民歌了，而导游小姐一句句翻译着：我的爱人我的爱人，你为什么离开我？为什么不等我？为什么那么早就结婚？为什么不等我回来与你一起结婚？

哀怨莫名，比天问更无解。

最后一个晚上，旅行社的节目竟是图山赌场。赌注以美金计算，有人瞻前顾后拿一张五十元人民币想试试手气，小姐大声道："对不起，赌场不接受零钱。"

同行者大多持观望态度，我问龙文："什么比较好玩，而输赢不大？"马上跑去换硬币喂老虎机。

却听见俞太太叫一声："我要赌大小。"问丈夫："好不好。"俞先生一贯的不多言："好。"大厅富丽而冷清，冷气机里喷出大团大团的白雾。远远就听见她清脆果断地发话："买大。"

我和龙文端着篮子，一架一架机器丢硬币，有时它清

脆一响，掉下两枚，多数是无声无息，顷刻间，一百元灰飞烟灭。

我不死心，又跑去换了二百元，一把一把扔进去，最辉煌的一次，只听哗啦哗啦，如下金币雨，掉了：一、二、三、四、五……十枚。两块五毛美金。

我大叫："不行，我要翻本。"摊手向他要钱，"借我点钱，回去还你。"

他一边摸钱一边教育我："完全不赌的人，是没有生活情趣的人；赌得太大的人，是不懂自控的人；浅尝辄止，平平淡淡才是真。锦颜，这你应该明白吧。"

谁理他那一套，劈手抢过来，"刷"地抽出一小迭钱来，飞奔至换筹码处。龙文在我后头哭笑不得："锦颜，借你钱可以，但你要自制……"纠缠不休。

两人追追逃逃地，一回身，全旅行团的人都聚在了赌大小的台子前，而旋涡的中央是俞太太，她面前是一堆小山般的筹码，周围一片兴奋的低语："第六次开大了。"

我挤进去，拍拍她。却惊觉她的臂膀如盛满沸油的瓷碗般沉默滚烫，一粒粒泛满汗珠。她全不理会我，只简单地说一个字："大。"声音沉哑。

大家都鼓噪起来："买小，买小，哪有连续七次开大的？"她声音稍稍提高了一点："买大。"连一向稳重的俞先生也有点沉不住气了，一把抓住她的手："买小。"

俞太太瞪着他，面无表情，固执地说："我要买大。"

"应该买小。"

她突然用力摔开他的手："买小买小，我就不信这一辈子我只有做小的命。"

有很多人没有听清，也有很多人听清而没有听懂，窃窃传语："她在说什么?""她在说什么?"然后一个人、一个人地安静下来。

仿佛是将所有的门窗一扇扇合拢，整个大厅一点点陷入死寂，我清清楚楚听见眼泪，它的生长，它的漫堤，它缓缓掠过脸颊，有如一滴无声的雨，又仿佛参天大树訇然倒下。

俞先生退了一步，有点张惶地看向四周，表情十分尴尬。她却已转过头去，深深吸了一口气，整个背挺直了，然后缓缓地，将筹码推过深绿的台面，一直推到"大"的格子里，猛折身，扑进俞先生怀里。

另外几个零散的筹码落在桌上，小姐以一贯的无情姿态旋转银碗，略一停——那一刻的漫长，足够每个人在心里揭开它十次——开。

起初仍是寂静，仿佛大家都还没弄清那到底是几，突然，女人们尖叫起来："是大，是大。"不知为什么，我猛地开始鼓掌，接着是龙文，然后仿佛野火春风，所有的人都不约而同地鼓起掌来，我们的欢呼声将整个大厅都惊动了……然而俞太太的头始终没有从她的男人怀里抬起来。

夜色霓虹里，女子在微微清冷的夜色里关上风月店的门，熄了灯，她的水红长衫在夜里一闪而逝。

灯红酒绿的风化区亦渐渐睡了。

这一夜，新月如钩。

我沿着陌生国度的陌生海岸线向前去。

海在我身边澎湃，它黑色的浪头像一座座小山陡然升起，全力以赴扑向，扑向，扑向。月光下一道银的线在急速推进。所到之处，吞噬一切。

"喂?"

我没有回头："什么事?"

"找你呀。导游不是说，一人只能带一条烟过海关吗?你家里有人抽烟，要没有，帮我带一条吧?"龙文自宾馆的方向过来。

我答："好。"

过一会儿，他说："大小姐，这是外国呀，人生地不熟的，三更半夜你在外头跑，胆子也大太了吧?"

他停了脚，远远地抱臂而立，身影在月光里流动。孤单若斯，却如海边的一株芭蕉，有自得其乐的丰盛。

我扬声道："我过一会儿就回去。"

他沙沙地走近，笑道："如此星辰非昨夜，为谁风露立中霄?"干卿底事? 这般追问，他又是为谁?

我反唇相讥："不是甲男，就是乙男，反正不姓伊。"

"那么，是为老男人了?"

我驳他："老男人老男人，他老得你多少? 再过十年，你就是你自己口里的老男人。"

"但那时，我不会做点小官发点小财家里有老婆孩子，还跑到外头哄女孩子。"龙文冷笑，"锦颜，这种题材，单你收到的自由来稿，就有一筐吧? 那里面有好结局的吗?"

我立即反驳："怎么没有? 温莎公爵及太太是不是?"

"锦颜，你呀你呀，"他恨铁不成钢似的，"吃多么闷亏都可以，嘴头上不肯吃一点亏。如果是为着那个老男人，我可以向你保证，你连十分之一的机会都没有。"

我黯然，很久才能问："为什么？"

"因为贪婪。他的贪婪。"龙文斩钉截铁。

"不，"我讶然抬头，"你根本不了解他，怎么可以这样谴责他。他对名对利都不贪婪，他请我吃饭甚至是牛肉面，他对我也一向规规矩矩……"

龙文截断我："那是因为他要的是另一些，更多，更强大，更酷烈。"

——其实，我也是知道的。

海潮的巨大声响越来越近，合万钧之力在奔腾，沙滩隐隐震动。

我很疲倦："你走开。"

"锦颜，"龙文不肯放松，"难道你想学俞太太那样赌一把？"

她站在绿呢台前，孤注一掷的容颜。

那一刻，她所投注的，除了金钱之外，更是她真实生涯里的爱情、青春、不容回头的岁月，和作为人的尊严。将一切交给两颗骰子的旋转，开出来的到底会不会是大呢？

我的眼睛想要去落泪，然而口里还逞强，笑容只甜如蜜："有什么不好？也许我会赢，也许我愿赌服输，也许我是天生的赌徒。"

"哦，"龙文笑了，嘲弄的，不置信的，眼中有光闪闪，他引领着我，慢慢走在沙滩上，"你想与宿命作战？你知道

命运是什么吗?"他拉我转身,"看。"

便如此,突如其来地,遇见了海。

突如其来地,遇见了我的命运。无遮无拦,广大地将我笼罩,有着深黑肤色,无比的喧嚣却又无比的寂寥,在海湾里,巨浪滔天地涌向。

我与明石,谁是那个可以泅海的人?

便自此不能再移动一步了。

"就像海的涨潮,它一定会涨上来,谁能阻止它,谁能挡得住它?"龙文定在我面前,呼吸咄咄逼人,"你如果真的不怕,就站在这里不要动,让海潮升上来,看你逃不逃得过。你敢吗?"

我挑衅答:"why not?"

对峙,静静等待海的来临。

而海就这样升上来了,山崩地裂般的巨响愈来愈近,已有微沫溅在我脚上,像蝴蝶的吻,而整片大地都在动摇,仿佛顷刻间就会陆沉。我听见频密而失去节奏的鼓,响得乱七八糟,悚惶不定,是我的心,跳得如此慌乱。

我想要发足狂奔。逃离。

龙文却一把扳过我的肩,微一用力,拥我入怀。而海飞驰前进,掀起许多小小的浪头,白而发亮,已近在咫尺了,也许几秒钟之内,它便会灭顶而来……

我紧紧抱着他,心中像有十五只青蛙在跳的七上八下,颤栗恐惧至不能呼吸,而龙文轻轻俯下身来,吻了我。

可以短如刹那,亦可以长如一生,在全世界的喧嚣里,在死亡之海面前,他吻了我,而浪花如雨点打了我一头一脸……

渐渐，仿佛没有那么吵了。

我微微睁眼，是真的，海离我们好像远了一点。仍然惊涛拍岸，却只徘徊不前，良久进退不定。

龙文松开我："海已经开始退潮了。"

来时摧山动地，去时犹有不甘。不进则退，多么像尘世中的爱情。

至此我声带才能正常发声："伊龙文，你吓死我了。"几乎带出哭腔。

他看我一眼，食指掠过我的脸："水，还是汗？不至于吧？"笑起来，指点给我看地理环境，"看，我们在沙滩的最高点，把脚伸一伸试试看。"

一边是冰冷湿浸的沙泥，另一边则干燥微润，两只脚，一湿一干，很奇怪地不平衡着。

"为什么那边是干的，因为海从来没到过那一边，这便是最高点。你也知道潮汐跟月亮有关，今天又不是满月，它怎么会升上来呢？"龙文忽然看向我，"你刚才，是不是真的很害怕？你不是想对抗命运吗？"

试炼已经完成，虽然如此沉痛以至无从说起。我脸上像有小恐龙在爬，原来流了眼泪。而在我唇上微微湿润的，是龙文吻的记忆。

自越南回来后很久，我不肯上班。

像是迁怒：如果不曾去杂志社，如果没有接到那个莫名的电话，如果不是想发稿子……

有一种状态，在病与非病之间。

不痛不痒，我无法对医生明确指出到处哪里不舒服，却竟日里恹恹着，像中了搞笑武打片中的"慢动作散"，一举一动都似踩了一团云，全身三万六千亿个毛孔在打瞌睡。

成天似睡非睡，魂飞魄散，有时会叹道："人生真是没有意思。"一时又道一句，"生有何欢，死有何苦。"

编稿时会冷笑。

抛弃男友贪慕富贵的女子一定会吃苦流泪，并且在路上遇到前男友携已怀孕的新妻，一脸幸福；

贫家女为爱毅然下海做三陪，风尘中遇到大款，动了真心，几经周折，贫家女还是悄然离去，为了不破坏大款的家庭；

父母子女因嫌隙而疏远，必有一个瞬间，令儿女满眶热泪，扑通一下跪下："您是最好最好的母亲。"

宝儿早就告诫过我："凡是情节曲折离奇，而又太合情合理的稿子，可以统统当它们是假新闻。"

真实生命里的发生，向来没有这么圆满的。

十点多钟，锦世探头进来，"姐，你还没起床啊？"

我坐起来："今天没课？"

蒸笼也似天气，风扇呼呼刮得，稿纸满屋子飞，却无济于事。我大汗淋漓。无论如何，月底发了奖金，要去买一架空调回来，我实在是撑不住了。

他在我床头坐下，不声不响，只低着头，一手无意识捻着草席的须须，不知不觉抽出一根来。

我啪一下打他手背上。"手贱啊？干嘛，要多少钱，这么难开口？锦世，我跟你说，太奢侈的要求我不会答应的，你下学期学费还没着落呢。"恫吓他。

他摇头，闷声："不是要钱。"

"那，跟小女朋友闹别扭了？"我察颜观色，"好，我可以客串一会儿心理热线主持。说吧。"

他又摇头："姐，不是的。"欲语又止。

听见母亲在电话与周伯伯探讨股市："沙隆达，我算是对它失望了，这两年，进进出出，抱好大希望，你看看现在……老周，我知道你说得对，深发展肯定要涨，可现在什么价位，谁敢追，再说谁知道它什么时候涨，我这把老骨头捱不捱得过……"

——谁说女人想的、念的、恨的、怨的都是男人，股票不比男人更有魅力，有迹可循，且变幻多端？

锦世站起身："以后再说吧，我到学校去了。"垂着眼，一溜烟去了。

二十出头的小男孩，什么大不了的事，还值得煞有介事？我耸耸肩，由他折腾吧。

母亲终于心满意足结束通话。电话立刻响了，她抄起："锦颜，你的。"

是宝儿。"怎么回事，班都不上？稿子也不交？病了？"一连串，娇滴滴问着。

我借机诉苦："头痛，脚痛，肚子痛，浑身上下无一处不痛。"

她且笑且啐我："完全是欲仙欲死后遗症嘛，要不就是跟福特小子吵架了。"

——起初，我叫龙文手机男人，其后，她们叫他福特小子。我们更注重的，总是一个男人的身外物。

她竟与我攀谈起来："福特小子条件不错的，你要抓住。这种富家子，按理说，不真心的多，但这个，我看着倒行。"

我笑："你怎么知道？"

她哼一声："经验哪。"有点酸溜溜，"虽然婚没结过，恋爱还是谈过几次的。庄锦颜，你也不小了，有花堪折直须折，莫要像我，拖到这把年纪。真是老了。"

我妄图欺人："你也就三十出头，什么老？"马屁拍得啪啪响。

她苦笑："怎么不老，从前在电视电影里看到美少年，恨不得跳上屏幕，委身下嫁。现在看到，只想抱在怀里，亲一亲，然后生一个这样的儿子。"

我欲笑不敢，她又问："你是不是觉得我凶得很？"

我大惊："你凶吗？我怎么不觉得。"依稀听见门铃响，"我去开门。"

但她不放过我："你们家没别人了？"苦笑，"看看，连承认都不敢，还说不凶。我同你说，我也是没办法。做出点名堂，起码可以说，为了事业蹉跎了年华，一事无成又年华老大，怎么办？别人想同情我都找不到好话。"

我忍不住问："那么，为什么不嫁？"

她声音平和苦涩："因为到现在才弄清楚，婚姻是为着实用，跟爱情无关。"

实在忍不住，问了一句不该问的话："你的小李子呢？"

"他?"宝儿道,"不提他。锦颜,来上班吧,你还是我的左膀右臂呢。"

我垂头丧气:"我没约到稿子,报不了差旅费。"

"罢罢罢,你还有几篇稿子压在我这里,混一混就上了。"

我大喜:"多谢宝儿。"

宽容是无上的美德,尤其当对方宽容的是我们时。

"另外我还有件事,不过也没定……说一下也好,你先有个准备……当然……"宝儿千思万想,还是算了,"等你来上班,我跟你详谈。"

我说:"好。"

今天怎么了,所有的人都吞吞吐吐的。

搁下电话,方听得母亲在客厅苏苏地与人说话,"锦颜锦颜"的:而对方肃然应着:"是,是,我明白……"

这一惊非同小可,我第一时间冲了出去。

果然是龙文。

他沉潜坐着,明黄丝质 T 恤,米白长裤,浅色皮鞋,在我家黯旧的客厅里,以母亲的眼光看出来,自然是上等男人,一流一的候选娇客。

他还拎了几盒糕点来。雪白薄纸上,隐隐暗纹是大团的菊花与竹叶,包着一块块圆圆金黄色的饼,一轮轮小太阳似的,精致得不像入口之物。

母亲很喜欢,回头向我,"我也不是那么喜欢老婆饼,你还用得着跟龙文说?龙文这孩子,也真是实心眼得很。"

——已经叫他孩子了。

我气急败坏，劈头便问："你怎么来了？"

他笑站起身："你不是说想采访我的老板吗？她也忙你也忙，好不容易今天跟她约好了。"对母亲，很恭谨，"阿姨，我们先走。"

坐在他的墨绿色小牛犊里，我挂着脸，问："我妈跟你说什么？"

我以为他会说："随便聊聊。"但他说："谈你原来的男朋友。"

我不悦："她说这些干什么？"

他轻描淡写："前车之鉴，后车之师。我想阿姨是要我引以为戒，好好待你，切不可犯同样的错误。"

我愈发皱眉，语气不耐："伊龙文，你开什么玩笑？"

龙文看我一眼，"你是说我开玩笑，还是说阿姨在开玩笑？"

我不响。

他接着道："你难道要我跟阿姨讲，你心不在我，你钟意的，是个老男人？就算你自己，你说得出口吗？"

是个霉而闷的日子，梧桐的翠绿叶子在流尘的街景上密如伞盖。我自此是个略经世事的女子了，如这城，它也曾是东方芝加哥，堕落了蒙尘了，嘈杂喧哗的市民着，却影着金色的薄雾，依旧美丽。

纵使喜与悲，都不可对人说。

我转个话题，问龙文："你的老板方萱，是什么样子的？"

这大城市口口相传的丽人传奇里，方萱是时时被提起的名字。

说这女子，年近半百，来历不明，狐狸精样貌，偏又作风凌厉，像千军万马里杀出一匹汗血马，惯常笑吟吟斫出甜蜜一刀。绯闻热闹，变幻如霓虹灯的明灭，偏都查无实据。

原先没什么兴趣的，此刻也不由得好奇。

龙文答："美。"一字千钧。

我哂笑：老妇人的美？亦不在意。

——竟然是真的。

我们坐在她办公室的一角，真皮沙发，黑漆小茶几，等得有点久了。龙文便斟出威士忌来，被我笑说："这是好莱坞片中，黑社会律师密谋杀害证人前，喝的酒。"又拿了巧克力糖给我，朴素棕色纸，但滋味不同凡响，他说是瑞士名产，叫做莲。

忽听得门嘎地一声，我转过身，只见一个女子正疾步进来，微喘着，胸一起一伏，长裙缠缠裹裹。她问："锦颜呢？"

我在刹那间，震惊于她的美貌。

荷叶绿真丝长裙，绕条素白长流苏的腰带，松石绿细皮绳凉鞋，胸前系一块白玉，腕上绾了几个宝石镯子，身上花香淡盈。

不年轻了，清素淡妆的脸却仍晶莹欲滴，双唇微启如蝶翅初绽，影沉沉的黑眼睛里储存着整个宇宙的夜色。在办公室冷冷的灰调子里，她是一颗闪着微光的钻石。

如果这般的美尚不能令我心弦颤动，还有什么可以？

龙文起身："我来介绍……"

她已抢前一步，唤一声："锦颜。"

有点激动。

我心下纳罕，陪笑站起："方小姐。"

她回过神来，笑道："幸会。"慢慢退后，坐下时雍容有如牡丹。一手握着龙文斟给她的酒，腕上镯子铃铃碎响。

眼睛深深看过来。

有些词早已滥俗得没人用了，比如：水汪汪的大眼睛。但此刻以前，我其实从来没有见过水汪汪的大眼睛。

而方萱眼中真汪了一泓水，一波一波，动荡潋滟。看久了，只觉自己整个人被涵透。

我熟络地说："方小姐，您是知名成功人物，白手兴家，创办'忘忧草'，《伊人》读者对您的私人生活也相当感兴趣，可以谈谈吗？"

她忙不迭地说："锦颜，你想问什么都可以。"微笑间，坦然流露眼角边细细皱纹，但仿佛只是工笔描出的刺青，或者蝴蝶暂时的栖息。她迫不及待地问："这些年，你过得好吗？"

问得如此诚挚，我愕住，但她脸上真切的关怀，珍珠一般放着光。我笑一笑："还好。"

不由自主，我说："前些日子，与龙文去武当山，有个转运殿，"——那是山上的一座大殿，大殿肚内还有座小殿，大殿小殿之间尺许宽过道，据说只要走过，就可以转运。

"我想了很久，都不敢走。当然希望命运转好，可是也怕它转得更坏。我现在，像散尽千金后的人，握着一小块银两，已足以小富则安了。"心中平静。

"你父亲过世以后，你母亲，对你好吗？"她又问。

我诧异，答："当然。"看一眼龙文：说这些干什么？

"弟弟呢？叫……"

"叫锦世。我们也处得很好。"

她仿佛松了一口气。

我才有机会开始问："可以谈一下您的经历吗？方便的话，请问您是哪一年出生？"

她有问必答，笑意嫣然，时时主动询问："还想知道些什么吗？"盛放如芍药的风情。

不断有电话进来，龙文去接，一律："对不起，她在忙。可否留电话下来，容她复机？或者由我转告。"为着我这么一个没名没分的小记者，我受宠若惊。

告一段落。我向龙文示意，他却只纹丝不动："不早了，边吃饭边谈吧。"活脱主人口吻。

方萱亦婷婷站起，随意走几步——坐下时嫣然百媚，行走时香风细细，说："是呀，一起吃个饭吧。你跟龙文……很要好吧？"

我立即否认："嗯，一般朋友。"

"啊，"她仿佛有点失望，"锦颜，女人最终还是要回到家庭的，事业太盛反而影响感情，鱼和熊掌不能兼得的。"

我忽然顽皮起来："你呢？你的感情生活想必没受什么

影响，十分丰富多采吧?"

她愕然一下，才幽幽道:"但我也没有嫁掉啊。"微笑，"锦颜，我与你一见如故，如果不嫌，"略略犹豫，"我认你做干女儿好吗?"

我偏一下头，以为是听错。

这简直是唐伯虎点秋香时代的语言，此刻借尸还魂地回来，在电脑、手提电话、传真机之间听来，如光天化日出现一个古装女鬼般不般配。

她双手互握，静静等待，有些焦灼了，不自禁缠绞着。

我期期艾艾:"方小姐，这个，我们……，"情急智生，"我叫你阿姨吧?"

方萱眼皮的一垂像太阳的一阴，复又扬眉一笑，眼神莹亮，"既如此，这块玉送给你做见面礼吧。"

自颈上取下玉佩。我还要推拒，龙文已经替我接过来。圆润柔腻的长方，握在手里十分冰凉沁人，一刻一刻地微微闪光。

隐有凸凹，仿佛有一行字迹在上面。

我信手塞在皮包里。

吃了极其丰盛的一顿海鲜大餐。

龙虾红彤彤上桌，犹自张牙舞爪，摇尾抖翅，鲜腥热气扑上来，是它身体里藏的海。

何止食指大动，我简直整个人跃跃欲试。

大快朵颐。

方萱几乎不吃什么，只频频叮嘱:"多吃一点。"略责龙文，"你别管我，你帮锦颜哪，她哪儿弄得过来?"再温和些，也是老板口气。对我，又殷勤致问："喜欢啊？叫他们多弄一份，打包给你好不好？"

大眼睛里蒙着水气，更像雨后荷叶上托了一滴圆溜溜的水珠，恣意流转，随时滴落。

与她在一起，如春风吹上我的脸般可人。

龙文送我回家，我一路赞叹不休："对人如对花，何花娇欲语，所谓柔艳刚强，方萱便是了。可是你看这家公司，她一手经营，这般精明厉害，只手擎天，真是惊动上下八方的美女。"

龙文只专注开车，"嗯"一声。

——刚刚，席终人散去，他探身问方萱："先送你回去？"方萱摇手："不，你送锦颜，不必管我。"龙文看她一眼，不做声。走到门边，忽又回身："自然，你有人送。"

一瞬间，两人之间便有些拗。

龙文忽然问："笑什么？"

我只赖皮："有吗？你跟你老板多久了？"佻达地，带点双关。

他瞪我一眼："我回国之后，一直在忘忧草。快三年了吧。"

我禁不住问："你觉得她怎样？"

龙文沉默片刻："我第一次跟她去谈生意，对方先发货，我暂且抵押在那儿，言明货到付款，大概就三四天吧。她押着货走了，便杳无音讯。"

我问："多少钱？多长时间？"

"两个星期里，我象征性地值两百万。"

已是令人叛逃、欺骗、翻脸不认人的数目。

"哇，他们有没有对你拳打脚踢？"我颇幸灾乐祸。

"怎么会？有吃有喝有玩，晚上还问我要不要美女侍寝。只是脸色越来越难看，又不敢发作。"龙文说起来，眉飞色舞，竟有三分得意。

是红灯，我们停在长龙里。前前后后，无尽的车子，静寂着，所有的喧嚣被闷住。

"她为什么耽误了那么久？"我问。

"手边一时没有现金吧。"

"其实很危险的，如果她一直没有现金，如果那边等得不耐烦了，"事后，他应该亦觉后怕吧？"你何必要答应她？"

龙文傲岸扬头："是我自己要求的，不然生意没法做。危险？"他的笑意丰盛，"如果烈士就是为理想牺牲的人，那么我为我的信仰牺牲，我是我自己的烈士。"

我纠正他："不是信仰，是信任——而且根本不值得，你有多了解自己的老板？真盲目。"

他只微笑，笑里全无悔意："有些人不必了解便可以信任的。"尘之上开了一朵绿灯的花，他一踩油门，发动了车。

我是否能够如此诚笃地信任沈明石？

我想，是不能的。

而有时，连想都是一种心碎。

一去上班，便听到最新流言：

有人给宝儿介绍了一个老华侨，子女成群的有钱鳏夫，叶落归根，特地回国觅其第二春。

在街上遇到：宝儿一身桃红，良家女子一点点不正经的那种红，而老华侨尘满面，鬓如霜，肚皮像把泰坦尼克干掉的那座白皑皑雪山。

众人皆吃吃笑，彼此提醒着压低声音，无端地，亲密许多。

嘎一声，门开了，宝儿自办公室里出来。众人的说笑声，正蒲公英似散了一天，收都收不拢。

乌烟瘴气里，宝儿袅袅走到我桌前，声音一如既往，银铃似的："锦颜，你来一下。"

我刚站起，电话响了。我接起，听一下，尴尬着："宝儿，是你的。"进退两难，递过去。

宝儿蜜蜜甜甜"喂——"一声，眉头便皱紧，冷冷地："哦，哦，是呀，是呀……"声音渐渐高起来，"为什么要向你交待，你也把自己看得太重了吧！"喝一句，"关你什么事！"便摔了电话。

满屋拖椅、翻稿件、有人刻意提高声音聊天的声音，都在表明清白，在说：此地无银三百两，我没有竖着耳朵在听啊。

几乎是立刻，电话又响。

气急败坏地铃铃着，不甘不休。

重重压在一屋的谛听上。

电话都要炸开了，我万不得已接起话筒："喂。"小声对宝儿，"还是李洛。"

宝儿清清楚楚发话："你告诉他，他如果真想管我的事，叫他把他老婆摆平，我立时三刻跟他拿证。"转身就走。

我一字不易，转述："宝儿说，如果你真想管她的事，叫你把你老婆摆平，她立时三刻跟你拿证。"挂断。

决裂。清晰明白地，以所有人为见证的决裂。

或者，本来就是一场虚情假意的戏。

但宝儿在进门前忽地脚一软，她撑着杂志堆，杂志们摇摇欲坠，便像撑着谎言与遗忘。她只大声："锦颜，进来啊。"

竟是完全不相干的事。

她开门见山说着。

广州有家刊物，叫《姐妹花》的，长年亏损，此刻束衾求嫁，宝儿已托良媒上门说项。单人独马打不了天下，怎么也得七八个人，三五条枪。对我，她承诺：担任编辑部主任，起薪五千，年底分红。

我还以为，她要伏在我怀里哭。

无论平日如何扮成小女子，她骨子里的强悍，令我肃然起敬。

我静默很久："为什么找上我？"

她即时回答："你未婚，没有拖累；你聪明，又肯学；还有，你志不在此，不会拼了老命来与我争主编之位，争不到就猛拆我台。"

我笑："我会有资格争主编？"

宝儿道："如果你以为你不能，那么，是我对你估计太高，你对自己估计太低。"

白手兴家，独立擎起一片天，多么大的挑战。

不是不蠢蠢欲动的。

只是，我一直以为，现在的生活不过是我生命中的一次游历，仿佛树荫下一场昏沉的大梦，做不得数。而我终究回到原有的轨道，在邻家的饭香里忆前尘。

而我恐慌于选择，不敢亲手决定自己的命运。

我只说："容我考虑一下。"

是傍晚了，我还拖延着在编辑部里写关于方萱的稿件。墙壁上长长斜阳，一如梦幻，满屋子物件都像穿金挂银，披嫁衣似的。

电话忽然响了，许久没有动静，然后说："我是沈明石。"

——我突然记起，他带我去戒毒所的那一次。

接连问了三个吸毒者，同出一辙，都说："想戒，本来都戒了半个月，结果在路上遇到朋友，一回两回不理他们，三回四回……"

当时只刻薄笑："看来人不能交太多朋友，不然在路上总是遇到。"

原来时时遇着的，是内心潜藏的渴望。

爱情，本就是生命中的鸦片。

我冷淡："有事吗?"

不肯再叫他：沈明石，可是也不甘心叫他：沈处长。

他恍如未觉："有件事，想找你帮个忙。我有个女儿，

被评为区三好学生，要写一个发言材料，老师说不生动，你能帮忙修饰一下吗？"

不，我不相信他身边真的没有一个笔杆子。是借机接近，抑或提醒我，提醒他自己，他生命中的种种羁绊？

我说："当然可以。"

他略略迟疑，我不出声，等待他的安排，仿佛等待束手就擒。

他说："这样吧，我叫卓然自己去找你，对她是个煅炼，你还可以当面指点一下。"

避而不见。

若有爱，怎会别离；既如此有怨有憎，又何必相会？

我说："什么时候？"

他说："她正在我办公室写材料，如果方便，现在？"

我说："好。"亦无多话。

——而她，与他生得那么像。

骨中之骨，肉中之肉的，他的女儿。

叫做沈卓然。

与他一般的深黑眼睛，眉宇间隐隐不驯，下颔倔强扬着，叫我："庄姐姐。"笑起来有点憨态，一排晶亮牙齿。是他的脸，他的五官，他的笑容，只所有线条都打磨过，圆润了，流着光。

我问："你多大？"

"下个月就十二岁了。"

已跟我差不多高，健康的姜糖肤色，短发，米奇T恤里，小小的、栀子花苞般轻轻绽放的胸，盈动着，满是温柔。

是欧洲画家笔下的青春美少女，眼中有太阳的金。

连他的女儿都这么大了。

却分明是个娇纵的小女子，坐定了才发现忘了带材料，忙打电话过去抱怨："爸，你怎么不提醒我呢?"发起急来，顿足嗔怪，"怎么办怎么办?"踏起一片灰，扑扑扬着。

几乎听得见他在那端的千哄万哄。

我无端地，便觉尴尬。接过话筒："如果方便，给我发传真吧。"

传真机吐出纸来，神仙八十七卷般，无尽地缠绵着，迤逦拖下，忽然嘎地斩断，纸卷哗一声跌了一地。

"尊敬的各位领导、老师们、亲爱的同学们：您们好!"

卓然字如其人，颇为明秀。

"……多次获省市大奖，还曾获得'我爱祖国'小学生钢琴大赛的全国金奖……小学六年级时，荣获了第四届市十佳少年的光荣称号……《现代少年报》、《中国少年报》等多家报社的记者采访、报道了我的事迹……成绩优秀，年年被评为三好生。"

卓然在旁边补充："我三岁就开始学钢琴了。"

我有点讶然："钢琴很贵的。"

或者她有一至两位爱外孙女如凤的外公外婆?

她点头，"就是呀，我妈妈开始都反对，说可以叫我学琵琶什么的，是我爸爸一定要我学钢琴。他们攒了好几年，听我妈妈说，那时候，每天中午我爸爸光吃一碗素面。"

以及，没有绿豆的绿豆汤。

　　我不自禁地说："太辛苦了。"

　　她郑重地说："所以我一定要好好读书，好好练琴，让爸爸高兴呀。"多么懂事。

　　这当然是他该有的。

　　美丽贤惠的妻，聪明活泼的女，平步青云的事业，如意幸福的家，只有这样的日子才配得起他。

　　但就足够了吗？

　　他就不再有别的欲念？

　　静夜里醒自一室皆春，妻女之间，他的身体温暖，他的心灵是否寂寞？

　　而他沉默下来的瞬间，眼神总像鹰飞到极远处极远处。

　　我只是匆匆搜寻关于明石的一切。

　　"我的爸爸是一名人民警察，曾在老山前线负过重伤，立了二等功。他经常拿老山烈士的事迹教育我……"

　　我很意外，"你爸爸打过自卫反击战？他受过伤，立过军功？"

　　她诧异看我："你不知道？庄姐姐不是我爸爸的朋友吗？"

　　如此辉煌成就，是人人都知道吧，除了我。

　　除了我，我不曾了解他的过去，我不能参与他的将来，我不可以把握他的灵魂，我甚至，没有机会细阅他的身体。

　　我的爱却不可救药、无所反悔。

　　我在上帝前犯了罪的，我的罪深红，我却因了这样的罪，这样的不被允许，怀着更为深切的喜悦。

　　——纵被无情弃，不能羞。

我开始迂回地套情报。

"你看这一段,你写你过生日,爸爸工作太忙,没有回来,你就不高兴,后来经过爸爸的教育,才认识了自己的错误。你想一想,是不是有很多人写过呀?"

她认真地想了一会儿,点点头。

"那我们就要推陈出新。比方说,你可以这样写,你给爸爸过生日……"

她叫起来:"可是,我们没有给爸爸过过生日啊。"

我循循善诱:"艺术要来自生活,高于生活,"——已经变成一句屁话,专门用于解释行文中的胡编乱造——"允许少量虚构嘛。你爸爸哪一天生日?"

"就是这个月十六号,下星期就是。"

"是多少岁生日?"

这般套问,连自己也觉得可耻。

她想了半天:"四十二,不对不对,四十三。他大我三十一岁。"

——大我十六岁。

该情节最后完善如下:女儿给爸爸过生日,爸爸迟迟未归,女儿伤心了,于是爸爸专程带她去烈士陵园,悼念死去的战友,动情地说:"看,我们今天的美好生活,都是他们用青春和鲜血换来的,除了继承他们的遗志,我们还能怎么庆祝生日呢……"云云云云。

我连骨头缝里都冒出冷气来。

详细指导:"你看,学琴途中肯定有很多挫折,父母师长怎么教育你呀?"暗示启发着。

又取了十分夸张造饰的三个小标题：一、学子苦心，十年卧薪尝胆志；二、融融爱心，愿化春雨暖人间；三、拳拳孝心，寸草报得三春晖。

卓然两眼瞪得溜圆，敬仰得五体投地。

夏夜的天犹疑黑下，我索性打发她回家，代为执笔。

心平气和传回给明石。

传真机嘎嘎地吃进去，又自另一端吐出，原封未变，那端也没有动静，但下角已经打下小小红色的问号：传送完毕，一切 OK。

高科技下，许多不得不的言词都免了。

半人高的黑猩猩，遍体长毛，丑陋的大嘴巴，小黑豆眼睛，褐色鼻子扁塌。双手捧着一张纸："生日快乐。想知道为什么把我送给你吗？——请拉开我肚皮上的拉链。"

它肚里藏着一只小钟，粉黄即时贴上写道："因为希望你日日夜夜、时时刻刻、分分秒秒——请拉我头上的线头。"

拉出来一颗银色温柔的心："放在心坎上、全心全意地、心无旁骛地记得——请看我的左手心。"

掰开左手心："哈哈，笨蛋，这里没有，你被骗了——请看我的右脚板。"

右脚板上赫然："你长得很像一头黑猩猩。"猩猩的大嘴笑得十分开心。

是七月十五号寄，还是十六号？我在邮局踯躅，怕到得太早，又怕到得太迟。为什么，初相逢，便已是太迟？

对小姐千问万问："特快专递今天可以到吗？一定可以？百分之百可以？你能保证？不会延误吧……"搅扰不已。

身后一整列长队都不耐烦地瞪我。

但，竟然，怎么会，的确是，为什么——一无回音。

是地址有误？

还是邮路有误？

抑或，仅仅是，一颗错误的心？

我尽日里坐立不安。

只觉人生种种，皆是金链折断，银罐破裂，日色淡薄，磨坊的声音稀少，人畏高处，路上有惊慌，而我减了玉肌，脱了金钏。

一切一切荒茫了。

下午有时就靠在窗前，任烈风吹着，炎炎的汗，热闹纷披地流了我一身，身体的界限都模糊。

"姐……"锦世不知何时站在我身边，"姐，"半天说不出话来，"我有点事……"

我倒笑了："又闯什么祸？"

他头低下去："……怀毛毛了。"

太含糊，我没听清，但是他的脸，涨得通红，满额都是汗，头越控越低……我跳起来："什么？"

我——的——天——哪！

他一把拽住我："姐姐，姐姐，别告诉妈妈。"快哭出来。

我又气又急："你怎么干出这种事？"差点呼天抢地。

"我也没想到，就那么一次，"他惶急地举手，"真的只有一次。我发誓。"

锦世还是个孩子呢。清秀脸孔，单薄身子，上唇只微微有些汗毛，喜欢足球、飞碟、摇滚，向我要钱时百般讨好。

他高中时买的武打小说还整套整套地垒在书架上。

他却已在人家的身体里种植了生命，不可收拾。

"姐，你帮我，得打掉它。"不提前因，只是迫切地要湮灭后果。锦世求着。

像小时候考了不及格求我代为签字，或者打碎隔壁窗户找我出钱去赔上。

他或许不觉得这几桩事有什么本质区别？

我呆若木鸡。

我一向拍拍他的头，塞他一点钱，问他功课怎么样。他是我的小弟弟，我的小宝贝，要照顾呵护。我为了他辛勤工作。

何时何地，天人皆非，事事都不一样了？他已长成大人，我完全不知道。

锦世才二十岁，那女孩不是只有十八？

他们像两个孩子，玩着大人的游戏，被火烫伤了手才懂得危险。

母亲推门进来："咦，锦世，你也在家？今天没课？我告诉你们，最近股市牛起来了，老周说——"看见我们，怔住："怎么了？"

锦世眼底带血，并且惊惶。

我道："没什么，锦世乱花钱，我说了他几句。"强打精神，"妈妈，你解套了吗？"

"还有赚呢。"母亲乐得很，容光焕发的脸，如爱，如恋慕，如祈祷被回应，"我烧啤酒鸭给你们吃。"

听见她在厨房里，断断续续哼起歌来："今有娘子军，保国杀敌人……"

许久，锦世叫我："姐——"

我后退一步，缓缓呆坐在床沿，双手盖住脸。

这样这样地疲倦，一辈子的重量都在此刻聚扰，前生后世的不如意都汇成山川，压在我的肩上，我只觉无力承受。

如果可以变形，我甘愿变成一只甲虫；如果能够隐身，我不在乎再没人见到我的脸。

第一次，我想要放弃了，这生命的重担。

还是鼓足勇气去妇产科，方才嗫嚅，医生眼皮也不抬一下："几个月了？结婚没有？"我便逃之夭夭。

医院的大院里，酒精的气息在烈日下，随时会腾起火焰般，令人欲醉。我打电话给龙文："你能不能帮忙联系一个人流手术？"

原来我是如此仰赖他。

那端一片死寂，我道："不是我。"

龙文出马，万事顺遂。

半小时后，他打电话通知我，第二天带女孩去医院检查。

他问："需要我陪去吗？有时，有个成年男人出面，会方便些。"

侠骨柔肠，照顾妇孺，是男人早已失传了的美德。

我勉强笑道："太多谢了。伊龙文，你真是个伟大的人，你永远在正确的时间出现在正确的地点，说正确的话做正确的决定。"

套一句韦小宝式句型："我对你的敬仰像滔滔江水连绵不绝。"

便说不下去了。

人生的溃烂，如恒河沙数般不可计数。

啤酒鸭的芳香，在傍晚金沙的热里，令人欲醉，我胸口却像有只活鸭抓着爬着的痒痛难当。

仿佛还在帮母亲杀鸭：开膛破肚，探手进去，拖出一团温热的血肉，随手一扔……

杀人凶手般地食不下咽。

锦世始终不做声，低头扒白饭。

连母亲都很少说话。

空气如雷雨前夕窒闷。

第二天一早锦世就去了学校，我在家里拖来挨去，拿起什么又放下。一直挥汗，便在洗手间里，不断洗脸洗手。

夏季温凉的水急湍打在脚面上，我像树桩般一动不动。

小声音在我心底：没有用的。去吧去吧。

终于拎起皮包："妈，我去上班了。"

母亲从房里追出来："锦颜，你今天……"微喘着，几度启齿，却仿佛不知从何说起。最后她问："今天怎么去那么晚?"

挑了最无关紧事的一句。

见到母亲的脸,便觉得心中有愧,我有点提心吊胆,含糊其词。"有点事。要我下班带菜回来吗?"

母亲只摇头:"不用,菜家里还有。"

我想要脱身:"那我先走?"

"锦颜。"母亲的声音一点点小,"锦颜,你最近,是不是有什么事……瞒着我?"迫切地抬起头。

阴影密密生了,在她的皱纹之间。

我心轰一下。

像从塔上坠落,飞速而静寂。

母亲知道了?是锦世,还是,还是还是,明石?

我曾经伤过心,我还年轻,我已了解平静是最大的危险,我喜欢飞一般的感情,我不惧怕再次地受伤,我也不在乎伤人,但我不敢面对我的母亲。

她趿的塑料拖鞋是十块钱三双的那一种。

一味搪塞:"没有啊。"额上均匀生汗。

母亲疑虑地、睁大眼睛,像在我脸上寻找线索,"锦颜,我是你妈妈,你做什么我都不会怪你,可是你别瞒着我。"

我心中狂跳。"真的没有,妈妈,我真的没有。"求恳,"妈妈,我几时对你说过谎?"

——说过太多谎了。

这般言不由衷的保证,岂能让她安心?母亲一步步退开去。她原本是个娇小女子,老去后,身体月蚀般益发细

弱。她只是很失望："那，你以后要做什么的话……先跟我说一下。"

我简直是夺路而逃。

龙文开车带我去医院。车内空调开得冰一般冻人，汗却顺着我的背往下淌，呼吸纷乱，像灰烬在风中一起一落，脸容映在玻璃上，也是暗黄带绿的。

龙文忽然说："你这样，医生会弄不清是谁要做手术。放松一点。其实很简单。"

我伏在驾驶台上，不出声。

准备承接血与泪，委屈和艾怨，抚慰照料。"真的不要紧，没人会知道的。"从手术室里出来后，她的乌发黑唇，惨淡不明的颜色……

——我的以为，从来都是错的。

远远便看见锦世与他的女孩。

站在阳光里梧桐树下，向我们招手，一时是光，一时又是影，落在他们身上，分明是无邪的少年爱侣。

那女孩棉质长裙，袖口活泼地打着荷叶边，红白方格间错，长长的直至足踝。两根麻花辫秀丽地垂在肩头，仿佛十分拘谨，微红的脸，带三分羞态。眉眼如远山远水。

谁看得出，她裙下隐着一个不请自来的客人，初初萌芽，而手术室里刮匙、产钳、吸管，一一罗列如碗盆，等待一场血腥的盛宴。

她只这般单净无辜地跟在龙文后头，像跟大人来医院看望病人的女中学生。

而新生与死亡的更替，即将在她身体里完成。

如龙文所说：很简单。

验过小便，证实大概有四十多天。龙文找了人，马上便可以进手术室。

她细声问："大概要多长时间？"

我说："不会疼的，只是一个小手术。"我的安慰软弱虚伪。

她说："不是这个意思。晚上我有个中学同学结婚，我给她做伴娘，下午两点我要陪她去穿婚纱，化新娘妆。"

我与龙文异口同声："什么？"

龙文咳嗽一声，看向我。我只好硬着头皮上："这个，到底是手术，你最好多休息，嗯，不紧要的事情，就推了吧。"

她说："我好几个同学都做过人流的，照样上课，没关系的。再说，新郎新娘都是我的好朋友，不能推。我要不去，伴郎怎么办？"

龙文嘴巴越张越大，此刻惊魂甫定地问："谁是伴郎？"

锦世答："我。"

原来面面相觑就是：分明四目相见，可是视线里所有都虚无。

这世界，变得太快，我不明白。

十一点半，女孩慢慢走出来，辫子有点松，脸色微微有些苍白，可是大体还好。我们拥上去，她说："没事。"

生命是什么呢，一念之间，烟消云散，连痕迹都不留。

而阳光一样烈烈照下来。

送他们回学校。女孩下车时向我摆摆手："庄小姐，伊

先生，谢谢你们。"可爱地绽齿一笑。

一场欢爱与一场手术，一个胎儿与一个死亡，一次痛苦和一次婚礼。他们相拥走远。

怎么可以，经过这一切，她的笑容还如水晶一般透明？

经过二十七层过滤网的纯净？

车子开出很远，龙文才"嗨"一声笑了："我有个法国朋友，娶了个中国太太，我问他有没有觉得中国女人很保守。结果他左顾右盼，靠近我耳边悄悄说：'不，很放荡。'那时，还以为他遇到的，总是某些人。"

我涩涩道："《辞源》中说，凡事不欲人知，即为暗。"

龙文亦苦笑："他们的生活，处处都是光明面。"

我嗟叹："代沟代沟，我们老了。"

"不，是我们想得太多了。"龙文说，"我一生最大的憾事，就是不够没心没肺无情无义。"

两个人长嘘短叹。

多么盼望，做《圣经》中的浪子：分家产，浪掷钱财，无情弃离家人。这样的自由自在，野性难羁。明明是混不下去，不得不回头，可是众人皆以为是万金不换，载歌载舞地庆祝，老父牵出最肥的一头牛来宰杀。

但我终究只是那哥哥，守业，尽孝，眼睁睁看着人家挥霍享用无可奈何。

偶尔抱怨一句，连上帝都不原谅。

无从选择的命运。

只是希望一切不要再重来。

我叹一口气："我要好好跟锦世说，这次算了，下次吸取教训。"

老土又毫无凭借的希望。

龙文却立刻答："他当然会吸取教训，下次一定记得避孕。"

我怔住："我要的不是这个。"

龙文笑了："你？谁管你要的是什么？"

我颓然。是，他说的是。半晌才喃喃："简直不能想象他们会——"

在我的爱情国度里，有悄悄的瞩目，深深的凝望，静夜里心头的千回百转，以及最后，脉脉的泪痕。但是没有床。

却不敢说，怕他会惊叹："你真纯洁。"

他妈的这世道，"纯洁"是一句恶毒的骂人话呢。

他说："中午到我公司一起吃饭吧，方萱想看你的稿子呢。"

我呻吟："我要休息。"

下午才踏进编辑部大门，宝儿即召我进她办公室，冷笑："庄锦颜，你越来越本事了，打个电话便请假。你自己说，你有几天来上班了的？"

我正不大有好气："宝儿，我还没有决定跟不跟你去，你不必现在就老羞成怒吧？"

她便笑成一朵花："没有决定不去，就有七分是决定去了。好锦颜。星期天请你到我家来玩，我做糖醋排骨给你吃。"

我干脆利落地回绝："不去。"

她便住在杂志社楼上，有时晚上十点应召前往，一路不断与人招呼，尽量不让眼光停留于大裤衩或鱼网状背心上。

亦曾在楼道上，听见门里老总夫人的痛斥："你不回来呀，你去你的二人世界，找你的第三者，发展你的第四种感情……"

我约略伫足，偷笑，"砰"一声老总被推出门来。我顿时闪避不及。

有生以来，最难堪的一次碰面。

宝儿一撇嘴："我会在宿舍与你共商大计？罢了，我另有去处。"

我"咦——"，挑起眼眉。

一下午忙得贼死。

电话一响，我便跳过去接，"我是我是，哦，你那篇稿子呀……"匆忙在桌上翻，一连串大动作，不假思索。

整个人像巴甫洛夫实验里的兔子。

接进无数个电话，打出无数个电话，话筒最后握在手里是温的。

却并无一个，是我正等待渴盼的。

——过尽千帆皆不是，肠断白蘋洲。

下班后想去探望一下锦世。

蓦地想起，他们正在参加婚礼，

将来轮到他们，女孩也许还会穿婚纱，象征处女的纯洁之身如雪般皎洁光华。

生命的旅程漫长而荒谬。

一赌气，与龙文喝酒去。

非常挑剔地："白兰地是堕落的中产阶级，绅士淑女，衣香鬓影，心却是热铁皮的屋顶，猫儿在上头坐立难安。"

龙文说："那你想喝什么？"

我翻阅酒单，左思右想："苦艾酒让人想起苏格兰的高地，风飕飕吹着，女子的鬼魂撼着窗：'让我进去，让我进去。'喝了会毛骨悚然。朗姆酒要配着烟草，牛仔睡在西部的草原上，远远印第安人的马群飞奔而来，掀起一天尘烟。现在喝没气氛。"

英俊侍者永远挂着电子笑脸似的标准笑容，建议："小姐，薄荷酒好吗？"

我玩出兴味来，哼一声："挑情男女的床前酒。"

"黑啤呢？"

"会停留在我腹部，等到我中年，就凸出来。"

"也许小姐喜欢中式酒，女儿红？"

"初听旖旎，细想猥亵太甚。"

侍者的笑容简直可以得最佳持久奖，他恭敬俯身："请允许我向小姐推荐现在最流行、最环保、最洁净、最符合绿色食物标准、对人体最有益的饮品——蒸馏水。"

龙文笑得伏到桌上去。

"小龙。"

龙文循声抬头，立即站起："王伯伯。"脸上慢慢变色，只垂手而立。

那人也不理会，上上下下打量我，目光凌厉冷漠，半晌才沉着脸问他："你还在忘忧草？"

龙文低头。"是。"

"还跟她做助理?"

良久,龙文点点头。

"然后在外面……"那人连连摇头,痛心疾首,"小龙,我看着你长大的。"

龙文头一直垂着,颈骨断了似的。

我情况不明,不便插嘴。

那人又问:"你妈妈腿怎么样了?"

龙文霍然抬头:"我妈妈?"失声,"我妈妈出什么事了?"

那人讶然:"你还不知道?你看看养儿子有什么用?连这种事都指望不上。你妈妈上个月被个中学生骑车撞了,腿都撞断了。"

龙文方寸大乱,三步两步向外冲,忽然省起,又冲回来:"锦颜,我先送你回去。"呼吸喷在我脸上,着火般滚烫。

我也站起来:"不不,你不用管我,你先回去看你妈妈要紧。"

龙文的脚步,前后左右,错乱腾移,是心中决战。他将我一拽:"锦颜,你先跟我来。"丢了钱在桌上就走。

小牛犊子弹般射出去,风驰电掣,一路超过所有的车,周围一片急刹车的声音。他拼命按喇叭,震耳欲聋,他却像什么都听不见,眼中射出疯狂的光来。

我紧紧抓着把手,头不断撞在车顶上,却忍着什么也不说。

之所以没出车祸，也许只因为龙文尚不曾到家，他不肯死。

小区门口有人放栅栏，龙文探头出头狂喊："我是老八栋的。"冲进一个大院。戛然停在一座小楼前。他连扑带跌过去按门铃，继而狂敲，然后一拳一拳擂着。

木门一开，他叫一声："爸。"

他们之间仍隔了一道雕花铁门，我看不见那人的脸，却听见他声音中的峻厉："你来干什么？"

· 龙文只迫不及待追问："爸，妈伤得怎么样，能不能走路？"

"你还在忘忧草？"一模一样的问话。他父亲并不开门。

"爸，让我进去，让我看一下妈妈，爸……"他眼中溢满泪，哀哀求告。

"小龙。"有个女声，虚弱低微地传来。

"妈，妈。"龙文一声声狂喊。

他父亲厉声："你还没有回答我。"

"爸……"龙文跪了下去，"我是您儿子呀，您让我进去看一眼妈妈……"眼泪哗哗流下来，他哽咽。

我不忍，上前一步："伊伯伯，你就让龙文进去吧。"又一次，我看见血缘的神秘力量，如此相似的面容，被一道铁门一分为二，仿佛隔了死亡与生命之间无形的天堑。

门里的女人也哭着唤："小龙小龙。"

他父亲的脸被铁门切割成一片一片，每一片都是刀锋："我没有你这种儿子。"

轰一声关上门。是这全世界所有的门，都对龙文关

上了。

突然间沉寂下来。

我退了一步，是这般宁静的夜，门口有绿草坪，暗暗放着草香，有虫在草丛里"蛐——蛐"叫着，旧红砖楼房在夜色里格外的忧伤与美丽。

而龙文只跪着，整个人伏在门上，渐渐滑落。受伤小兽一般地瑟缩着。

仿佛顷刻间，他小了很多很多，是个孩子。

孤单地，面对着成人世界无从逃避和抗拒的冷酷，惊痛无助。伤害如此锐利而冷，是冰锥的瞬间洞穿。他全身都在颤抖。

我趋前，叫："龙文。"

他没有反应，我轻轻按着他的肩，又叫："小龙。"

良久，他直起身来。

眼泪已经干了。

勉强笑一下："对不起，把你拉进来。我本来以为，有外人在，可能我父亲会好说话一点。"低头向外走。

我站在原地："你母亲的伤……怎么办？"

他竟然还能够笑："也许是好消息，说明我母亲的伤情不重，不需要我照顾。"苍凉的笑，只浮在一层皮上，与整张脸不相干。

忘了关发动机，小牛犊一直轰鸣着，大灯雪亮照着。他停在车边，举手覆住眼睛："锦颜，你知道我为什么叫龙文吗？"

我走近车边："我知道。"

　　龙文是匹神骏的名字，有漆黑优美的弧线，它不是大草原上自由奔驰的野马，而是被驯服了的，终生属于主人的家马。如此聪明灵性，甚至不需鞭策，只要眼中掠过鞭子的影，就可以激励它，一夜驰骋千里。

　　所以有本流传千年的儿童启蒙读物，就叫做《龙文鞭影》。

　　爱他，以神驹的名字，迫切与苛刻。

　　多么大多么大的指望。

　　我问，小心翼翼地问："到底为了什么？你——吸毒？"

　　如他，亦有不能见光的背面？

　　龙文苦笑："据说毒品可以减肥，我还有十斤八斤赘肉一直下不去，也许下次试试。"

　　"那你——喜欢男人？"我又问，脸上辣起来。

　　龙文又好气又好笑："你是男人？"

　　仿佛自言自语："有时，我也希望真的是我做错什么，那我可以改。但是，我不认为我错了。"

　　"如果只是想法不一样，可以沟通，为什么要闹得这样？"

　　轰一声关上门，一刀两断的决绝，将一切摒弃在外。

　　龙文只微笑："沟通？锦颜，你学过数学应该知道，直线有三种，平行，相交，异面。我们就是就是第三种，不相交也不平行，哪儿有沟可通？"跳上车，"走吧，锦颜，我们去喝酒。"

　　来不及地醉，两个人，干掉五瓶不知年红酒，抢着你斟过来我斟过去，都有点过了。

龙文脸孔似关公，我便极爱笑，总是呵呵呵，天下事无一不可笑。

夜寂人静，我们东倒西歪在长堤上，听见远远海关大钟沉沉敲着，数都数不清多少下。

我问龙文："你家里是做什么的？怎么从来不提起？"

"我来告诉你，"龙文笑，靠在堤墙上："我高祖父点过清朝的翰林，曾祖父参加过同盟会，曾祖母与宋庆龄同过学，祖父在国共两党都是高级将领，屡战屡胜，父亲是有建树的结构工程学家，母亲是留日的医学博士。至于我，中文是纨绔子弟，法文就叫，穿孔雀裤的少年。"干笑几声，"据说这样的人家是天生要出败家子的。"

我嘻嘻笑："你算什么败家子，留洋学子回国效力，早两年可以上报纸了。"

"我，"他自嘲，"我只是一个很普通的人，年华老大，一事无成，做一份莫名其妙的工作——助理，什么叫协助人家管理？大到决策咨询，小到复印文件。唯一可骄人的是一张硕士文凭，据说现在国内要买张硕士文凭，只要两万块。"

他很怅然地："难道真像我父亲说，君子之泽，五代以斩。我恰恰是第五代，强弩之末。"

夜这样深了，夏夜里江水浑黄，大桥上却犹自车水马龙，一盏盏大红灯笼高高挂着，光芒曲折入水。桥上桥下一片喜气洋洋，仿佛每一辆车上都载了一个满心爱悦的女子，千里迢迢，去嫁想要的男人。

我摇摇他，傻笑："没事的。跟家里不愉快是常有的事。反叛期。过去就好了。"

微醺时刻，如花之半盛，令人明艳愉快。

"龙文，你是我见过最完美、最出色的男人呢。"手势夸张地展开，极言其最。

"我完美？"他仰头哈哈笑起来，"我小学一年级就开始考不及格；十二岁学抽烟；十三岁偷我爸的钱打电子游戏，给他吊起来打个半死；十四岁离家出走；十五岁中考失败——我的重点高中是一分一千块钱换来的；十六岁考试作弊，被学校记过；十七岁为小女朋友打群架，又背一个留校察看。十八岁，高考连提档分都不够，不出国就得辍学。人家在法国留万卷书行千里路，起码洗个盘子，我光学着，哪里出产的酒最美，哪家吧的金发妞最绝色，哪部电影小说最好看，跟方鸿渐差不多，"渐渐有些丧气，"我不争气。"

我稀里糊涂地拍拍他："有一个人，叫什么的，"吃力地想半天，挥挥手，决定放弃，"他说，学习只是梦想的准备，如果跟梦想无关，就当是应酬吧。"忽然省起，"龙文，你有梦想吧？"

"有。"他非常肯定，"但是很幼稚。我要和相爱的人一生一世，两个人的地老天荒。像中学生是不是？"

我大笑："地老天荒？你能活多久？地球爆炸了都活不到地老天荒。我要求没那么高，我喜欢吃巧克力，就想开一家巧克力专卖店，叫做——什么呢，'锦颜之梦'？"

他说："看不出呀庄锦颜，你还有发财梦啊，到时别忘了提携在下。"

我鼓起嘴："呸，才不为了赚钱呢。我就是想，"情不自禁脸上浮起笑容，竖起一根手指，"在一个巧克力色的下午，坐在阳光里，咬一块香浓的巧克力，喝一杯酽苦的秋茶，看一部叫做《威尼斯之死》的电影或者叫做《金阁寺》的小说，人生并没有更苦的事了。然后，把我一生吃过的巧克力盒子都挂在墙上，等我老了，再没人送我巧克力的时候，我就坐在店里看它们，看，我的一生都在墙上了。"

不知为什么那么可笑，我转过身，伏在堤上笑得眼泪都迸出来了。

龙文靠近我："锦颜，你醉了，我送你回去吧。"

我睁开半只眼，"然后明天早上被我妈妈痛骂：女孩子家在外面喝酒，怎么可以，等等等等……"手指一点一点，数出六个省略号。

人长大，的确有些行为要背着家人。

比如更衣、爱情、无端的悲欣交集，甚至更多。

"龙文，你帮我找个招待所混一晚吧。"支撑着想站起来。

头脑清醒，而脚下仿佛踩了一团云。

龙文赶紧扶住我："我住的地方很大，"迟疑片刻，"不过我是一个人住的。"

"没关系。"我慷慨地拍他的手，"我信任你如同信仰。"

我一看到长沙发便大声欢呼，中弹般倒下去，死都不肯起来。只吵着："你有没有好碟子？我要看电影。"

他拉开抽屉，拈起一张碟子："《伊甸之东》？名片呢。"我却翻到其余：《军官与男孩》、《蜜桃与蜜桃》、《水仙与莲花》……他俯身看见，笑道："我最没品味，这些都是 A 片。"

我气势雄浑地挥手："难道我不是 ADULT？"

但也并不是诱惑，因屏幕上是几时宽衣解带的，我统统都不知道。所有轻怜蜜爱，抵不上一夜好觉。

惊醒，是在床上，天已大亮。

我松开酸麻的手臂，才怔忡发现，千般温柔，只来于一个枕头。而那梦中的脸容……我急剧甩头，想在铭记之前忘掉。

到现在我才发现龙文住的地方相当大，所有门都闭着，我数一数，十一个，连龙文睡哪一间都搞不清。想起昨晚自己的丑态百出，连卫生间都不敢去搜寻，只头痛欲裂，匆匆而去。

到编辑部，已经迟到得不能形容。

即时收到龙文的电话，嬉笑着："锦颜，你真能喝，还能上班呢？看来你的头疼统统非干病酒，不是悲秋——是感冒。"一贯的爽朗洒脱，谈吐动人，笑声如春风醇厚。

乍看上去，他是当然的翩翩浊世佳公子，羽扇纶巾，小乔初嫁，但昨夜，他曾在一扇不见容的门外哭泣。

我的心牵痛，却只能还他以俏皮："咦，也许我的头疼是在想念我的爱人，也许是考虑怎么干掉嫌人，都有可能啊。"

轻松说笑。

　　他把自己的创伤包裹得那样紧，我不知该做些什么，才能给他以安慰和疗伤。

　　终究无从下手。

　　时日如常，有时方萱会打电话来："锦颜，过来喝杯茶？"

　　我推托："最近比较忙。不过，您要有什么事，我当然是随传随到。"

　　她轻倩的笑，如牵牛花浅紫地开在晨雾里："女孩子真矜贵，听龙文说，你也每次用这个借口推他。也没什么事，是我上次去法国带回的几件化妆品。你要没时间，我叫龙文拿给你。年轻时候不保养皮肤，怎么行？"

　　我呀一声："不好意思。"

　　她只闲闲："女人嘛，一见到好东西就扑上去，用都用不完，不跟朋友分享，也是浪费。随便给不值得的人呢，是更大浪费了。"一句话击败我，"或者，你有专用的牌子，闲杂货色入不得眼？"

　　看见自己正剪着信封的手，为了要打电脑，指甲光秃秃，掌心指肚都有薄薄一层茧。我嘘一口气，谁敢说我不是工人阶级，我还脑体并重呢。

　　广告上的美女总是在说：体贴自己，从双手开始。

　　滋养一下也是好的。

　　漫不经心拆封信，一瞟：某某县公安局某某派出所。多的就是无关的人用着公检法的信封信纸，以证明其真，偏偏这一类稿子，假的相当多。

有什么真假，假做真来真亦假。

"锦颜：你好！第一次给你写信，不知该怎么称呼你。"

像有一声巨响，在我心里。眼睛在信纸上跌跌撞撞，赶不及地要到最后，识出他的名字。

——我又看见一个新天新地，因为先前的天地已经过去了，海也不再有了。

"我现在是在云南。收到你的猩猩的时候，正好要出差，便抱着它上了火车，一直带到这里。已经很多很多年，我没有这样开怀大笑过了。"

他喜欢他喜欢他喜欢。

——我又看见圣城由神那里从天而降，预备好了，就如新妇妆饰整齐，等候丈夫。

"但是因为实在太大，不方便带，我就在这里送了朋友。对不起。"

可以抱着它千里万里，却不能带回身边。是魔幻世界的宝物，在真实人生里，原无用武之地。

——我听见有大声音从宝座出来说，看哪，他的帐幕在人间，他要与我同在，擦去我一切的眼泪。

底下许多行，才起头，又划掉，一个一个墨团，仿佛是半个我，又仿佛是半个你，犹豫矛盾，不能写尽一个字。

——你要写上，因这些话是可信的，是真实的。

"其实我算过，等你收到这封信，我差不多也该回去了。但还是觉得，写下来比较好。太多年没有写信了，都不懂怎么写，如果有错别字，不要笑我。"

——他是将生命泉的水给那口渴的人喝。

当夜，睡了许久以来，最安恬的一个觉。

翌日清晨我醒来，阳光是金色的。

"我们的祖国似花园，花园的花朵真鲜艳，和暖的阳光照耀着我们，每个人脸上都笑开颜。"我不断地重复着，"啦啦啦，啦啦啦。"

龙文来的时候明显愣一下："你叫这是和暖的阳光？"户外天气是42℃，八月鞭也似的阳光敲在玻璃窗上，历历有声，清晰灼痛。他嘘一口气："难怪女人不能做气象预报，她的心情便是她的天气。"

我但笑不语。

好几日不曾见面，我不自觉多看他几眼。

但他并没有憔悴，更不会像港片里表现落魄男子般，下颔满是胡子茬，仿佛那一夜，从不曾存在。

是否连他自己，也渐渐习惯了悲伤和寂寞，以及疼痛的无处不在？

我忍不住问："你母亲怎么样了？"

他怔一下："好多了。我后来到医院去看了我妈妈，只是骨裂，不要紧。"随即递过一个小包，"喏，她给你的。"

胭脂粉黛香水，皆精致小巧，醉花月的奢迷。我问："什么？毒药、夜巴黎还是克里斯迪奥小姐？"

他莞尔："真懂还是看时尚杂志学两个名字？这是妒忌，现在最流行的牌子。"

"妒忌？"我讶异。

他哼一段歌，自然而然脚下有些舞蹈之意："巴黎这一季榜上金曲：'一点点妒忌，激起一点点的爱。'"

我忽然心内一动，只甜甜笑："龙文，我带你去个店吃牛肉面好不好？"

龙文一身的名牌衣饰，与小店的油腻桌椅，各自立场分明，他端着一个破口的碗不尴不尬，小心地喝一口红油："嗯：味道不错。"

只表示尊重。

而他笑容越来越苦，因已是第三天的第三顿。我也上了火，唇角大疱小疱，夜叉牙齿似地排满，又被辣椒油一激，疼不堪言。

为着什么，要把自己弄得这么青面獠牙？

我第三次决定：明天，再也不来了。

突然，听见老板娘与谁招呼："沈处长，来了？好久不见。"

像嗖的一声，什么自我颊边掠过。

他第一眼看见我，愣一下。

看他哑剧似地上场，警服更有戏装般的庄严做作。他在另一张台子前坐下。神色如常，与老板娘寒暄的声音如常，低头吃面的姿态如常，面孔的一仰一抑之间，却频频注目于我们。

眉宇之间隐约震动。

我伸手推推龙文："你总是这么慢。"摇撼他的手臂，不耐烦催着，"快点呀。"

做给他看，一场小奸小坏的秀。

不待明石吃完，我便和龙文走了。

奔月般轻盈脚步，义无返顾。

不数日，明石打电话来，一贯地不着力："有几张博物馆的赠券，过来拿两张，跟男朋友去看。"

这是第一次，他这样明白地提到——"男朋友"。

我轻声而肯定："我没有男朋友。"

"那天那个呢？"问得若无其事。

我笑："如果他是，那你也是。"是否太暧昧，不留余地，"反正都满足条件1：男；条件2：朋友。一个人不想去，你还是和太太小孩去吧。"

"她们哪有时间，卓然星期天钢琴考级，她妈妈陪她，忙得不得了。"

忽然两人之间是冗长至不必要的沉默。

我心如黑人劲舞的鼓点般急骤跳动。

过滤掉我身边的人，也淘汰掉他身边的人，只剩了我们两人，弯曲缠绕的电话线像银河般浩瀚不可跨越。

——盈盈一水间，脉脉不得语。

原来呼吸也是有重量的，一波一波沿着电话送过来。我听着他的呼吸，慌张得不能自已。

"那么，我们一起去？"

他终于说了。

烈日已经落下，可是地面依旧是滚烫的，像一个热情女子，记起旧事心潮澎湃。八点钟，我准时来了。他在路灯下转身。

他的影子，豹一样伏在地下。

刹时，所有南国日子都回来。

茂茂竹林，在夏天格外森绿荫凉，有蝉的叫声，疯狂燃烧，叫成透明的一根线，那狂喜的颤栗。我只是看着他，心悦君兮，君知不知？

……怔一下问："你说什么？"

明石立住看我："不肯告诉我吗？"

我愕然："我没有听清，你再说一遍。"

他犹豫一下："没什么。越南玩得好吗？"

我衷心地说："多谢你。"随口谈起诸般细节，他全神贯注听着，不时点点头。

说漏了口："旅游团里还遇到熟人呢。"

他抬头："伊龙文？你们怎么认识的？"

已经打听出他的姓名？我笑道："跟认识你一样，与一场血和死亡有关。"

"你知道他做什么的吗？"

"公司里做吧。"我含混。

"忘忧草？"像最初的讯问，他的问题沉重而尖锐，"你认识方萱？"

"我采访过她，写了一篇她的文章，大概，我想想，十一月可以登出来吧。"

明石的眼光压下来："你们熟吗？"

"不算吧。"他的目光逼人，我不自觉有点惊惶，想逃缩。

在博物馆的水磨石地板上，他的脚步声均衡平静，听不出任何思量。几曲几折，又走在院落中，他终于说："锦颜，我需要你的帮助。"

"我？"我讶然。

他说：只是幌子，所谓贸易、进出口，忘忧草其实走私，偷逃国家税款，他们早已掌握线索，苦无明确证据。

他还说……

全世界充斥着的，都是蝉的叫声，我快聋了，看着他的嘴一开一合，一开一合，像嚼着一块吃不完的口香糖，却什么也听不清。

盛夏有蚊，盘旋如群雾，又一针一针钉着我，先是刺痛，然后痒，恨不能揭开皮肤似的痒。

他竟还在说："锦颜，我需要你的帮助。"如此如此恳切。

这世间的丰盛，情爱的抚触，让我不能控制我的爱和欲望，而生命只是短暂悲伤，你怎忍将我这般伤害？

我的声音陌生，全然不似我自己："你约我出来，为了跟我说这个？"

"锦颜……"

"不用说了，"我粗暴地打断他，"《圣经》里，背叛的人，他们要在烧着硫磺的火湖里。佛教里，出卖的人，要堕畜生道，沦为爬虫，终生有足不能走，有口不能言。沈明石，你是要我选择跳火湖还是做一条蛇？"

转身便走，一步步踏在自己心的碎片上。

何以至此？何以？

像一场全军覆灭的战役，我的爱损失殆尽。

谁管方萱走不走私？谁管龙文是否参与？但……他说的是真的吗？

再见龙文，我管不住自己的舌头："你们公司，主要做什么？"

"贸易啊。"

"贸易是什么？"我直通通问。

"买进卖出。"

我冷笑："我知道，街口小卖店，都是买进卖出，一张八毛钱的邮票，可以赚四分钱。我是问，你们买进卖出什么？"

他正在帮我拆信，此刻慢慢停下："锦颜，你究竟想问什么？谁跟你说了什么？那个老男人？"

各自都已知己知彼，我疑心更甚一层。

"你何必担心别人说什么，你的事自己最清楚，为什么这么大反应？"我问。

"做生意，如果说一点违法的事没做过，是假的——你也知道，我们现在的市场经济是很乱的。可是我是什么样子人你应该明白，"龙文声音有点提高，"你相信我还是相信那个老男人？"脸色铁青。

我有点内疚，只不做声。

他的手机响了，他接起："喂，噢，好好，"放下，"你想看的《皇冠》，她托人带过来了，是我拿过来？还是你自己去，顺带也可以问问她。"讽刺着。

像一排弩箭，问得我无从抵挡。

"就算你不相信我，她你总应该相信吧？"龙文道。

下不了台，鬼使神差地，我回一句："我几乎不认识方萱，为什么我要信任她？"

收口不及。

龙文颜色大变，久久看我，然后说一句："对不起。"
披起外套就走。

我总不能在大街上追男人吧？

我伤了他，可我的痛并不曾稍减。

仍得强打笑容，周六赴宝儿之约。

一日为上司，便是一日为上司。

宝儿的第二窟在近郊，需搭通勤火车前往，不过一个
多小时车程，逐渐青山隐隐，绿水幽幽起来。我说："根本
不知道还有这种地方。"

宝儿笑："我土生土长的，什么地方不熟？你才来
多久？"

我心中一动，问她："你知道有个地名，叫老八栋吗？"

她点头："是一个大院，里面只有八栋楼，一栋楼便是
一家人。"

我说："权贵人家？"可想而知。

她扬扬眉："可是后来又修了一个大院，一式一样的格
局，叫做新八栋。长江后浪推前浪，世间新楼赶旧楼。"

纵然没落，亦非同小可，龙文又没什么恶习，何以他
家人如此不容？

忽然她指着窗外："那就是。"

过了一条小河便是，院中泥土松软，架上绿叶繁茂，
垂下一根根丝瓜来，有些顶端还缀着黄花。沿墙种了一排
水灵灵的小白花，有鸟儿啁啾飞过，头顶一片白，宝儿说：
"那是白头翁。"

补充："有时还会有翠鸟，鹭鸶，喜鹊……翠鸟真的像宝石那么绿。"

我把躺椅搬在丝瓜架下，心旷神怡，一躺就不想起来。

在这里过一辈子不回去了，也是好的。

宝儿说："二十四万。"

我说："太值得了。"

她沉默一会儿，"如果要去广州，就得卖掉它。"

我大惊，支起身。

"锦颜，没有你想的那么好。不过周六周日来一下，先得打扫好几个小时，腰酸腿痛，骨头都酥了。"

才换得片刻欢娱。

"又远，一天只一班火车，还注明早发早到，害我每次都得提前一个多小时，生怕误车。"

通往桃源的路径总是艰险困厄。

"那当初为什么买它？"

她答："带男人来过夜时，比较方便。"坦白无欺。

我不由说："男女之间，何必要牵涉到钱和床？"

她笑："你还是个小姑娘呢。男女之间，除了钱和床，还有什么？锦颜，我不是为道德活着的。"

至今才有勇气询问："你和李洛……"

李洛已经从编辑部消失，像从来不曾出现过。

"玩一玩而已。有些男人以为，跟女人上了几次床，就可以做她的主宰。妈的什么东西，还想老子为他守身如玉？"宝儿冷笑，"他就是李嘉诚，我还不肯给他当小老婆呢。"

一不做，二不休，索性再问下去："老华侨呢？"

她长叹一声："第三次见面就给我列出二十一条款的合约，要我签字，头一条就是财产公证，第二条便是放弃继承遗产的权利。"

"那你怎么办？"我越听越有趣。

"我马上告诉他，早在一九一九年五四运动，就废除二十一条不平等条例了。然后便取纸笔，把他唐人街的馆子、公寓、车子一项项叠加，扣除税务、开支、折旧、经济不景气，再平分给他的五儿二女，问他：'这个数目你还觉得很多吗？'他当即嗒然无语。"

我禁不住喝彩："说得好。"鼓起掌来。

宝儿苦笑："一个是屎，另一个是 SHIT，全一样。我还是没嫁掉。"有点怅惘地抬头。

"这种男人，不嫁也罢。好的在后头。"我大义凛然地说。

"锦颜，"她脱口唤我，"我本来七年前就该嫁掉了。"

那时也觉得是个好男人。

谈了一些时间，便该拿证了。

可是一天下午，他在宝儿住处靠在床上睡着了，鼾声大作，嘴张着，口水直流，又吧嗒吧嗒嘴。宝儿远远看着，只觉心生厌恶：这般猪一样的睡相，如何能共枕一生？

我说："宝儿，这是你的不是，怎么能以貌取人呢？"

她说："你听我说完。"

恰好没几天闹了点不愉快，她便借机提出分手。以为男人会哭，会求，会搬出未来岳父母帮忙。

但他最后的对白是："我在你身上花了不少钱，又害我浪费时间，你得赔我一万块钱。"

宝儿说："我没有那么多钱，给你五千吧，外加这部电话换到你名下好不好。"——那时，装机费要六千多呢。

男人想一想："我要电话有什么用？不行，我要钱，一个星期内就要。"

宝儿拍案而起，"老子去卖粉，也给你钱。"

我连打好几个寒噤。

空自欢爱，到头来——

多么的赤裸裸。

而我生命中的男人，未婚夫，弟弟，心所恋慕的人，朋友，又何尝不令我肝肠寸断？

宝儿道："男女各占半边天，这片天，可不会有人白白送给你的，只有自己最靠得住。锦颜，你现在明白我为什么要去广州了吧？"

我终于点了点头："明白。"

周一因与宝儿同车抵达，所以心安理得地迟到，她立即就被老总叫进去。

电话响起："锦颜。"

我的声音是冰镇苦瓜："沈明石，如果你还要啰嗦，进谗言，便是小人了。"苦寒。

"我只想问，我手边还有几张你的照片，你还要不要？"明石很静很静。

在南宁的每一处，我驻足欢笑，他举起相机，有如射

手在瞄准。而我其实早已决定，要做那一只不再躲闪的白鸟。

"随便，反正过了这么久。怎么才想起要问?"我只是冷淡。

"本来，不想还你的。"

便断了。

我徒劳地"喂，喂"，那端只是急促的忙音，急雨般一滴滴纷坠。

宝儿已经脸色煞白冲出来:"锦颜，你到我办公室来。"

劈头一句:"这个月的奖金泡汤了。"

我傻住:"为什么?"

"你记不记得上一期有篇伪纪实，我授意，你写的?被揪出来了。老总说，要作为黑典型，杀一儆百。"

我跳起来:"怎么会，只有你知我知天知地知。"

她说两个字;"李洛。"

我破口大骂:"他妈的这个小男人，手段这么阴毒，算什么东西!"

宝儿不怒反笑，往桌上一伏:"也好。锦颜，看来我是非去广州不可了。"

我呆坐半晌，蒙住眼睛:"我已经答应过母亲和锦世，这个月奖金一发就给家里买空调了。"

盛夏正停在窗外虎视眈眈，我仿佛听见它炽烈高亢的笑声:这个夏季如何应付? 如何应付，母亲担忧的神情?

再也不能，让她承载我的失败。

宝儿说:"要往日，我可以私人借你，但我现在的钱不能随便动。福特小子怎么样?"

我含糊其词:"我问一下他。"

下班路上经过金融一条街,青铜狮、素白门面、金碧招牌,各家银行都相似。我默默看着,突然懂得抢银行的心是怎么起的了。

敲了半天门都无人理睬,我只得拿出钥匙来:扑面幽幽凉气,白雾化了一屋。

一架高大的柜机,立在墙角。龙文转过身来。

锦世兴高采烈过来:"姐,空调来了。"

我只盯着龙文,他说:"锦世,给姐姐拿瓶冰水来。"转向我,低声,"放心,算你借我的。"无奈之外,别无表情。

我低声:"你怎么知道?"

"我打电话过去,你主任接的。"他看一眼锦世,"那我走了。"

我一身的汗纷纷凋落,空气沁入肺腑。我心非铁石,此刻疚负不已:"龙文,对不起。"

要收买我的灵魂,其实极之简单。

他已经踏出一步,定住。转身时神色有所悲哀:"你曾说过,你信任我如同信仰,那时你醉了,清醒时候你还同样说吗?"

一如:我最近是不是瘦了?这件衣服好不好看?你跟我的男人是一般朋友?

这所有的问题,我都有义务答"是"。

而龙文,也像所有的提问者,假装相信。

又回到原先了，每到中午，龙文接我吃饭，更多的，是与方萱在一起，三人聊天说笑。

多是我与龙文斗嘴，方萱就微微笑，温婉看我。

她的香水气息淡而有味。

总在刹那之间，有些恍惚。

……他说：原来不想还的。

一滴滴泪水似滑下来的忙音。

他骄傲的脸容。他黝黑的身体。日食万贯。他曾抱我脚在怀里。他的发扎过我的手心。竟无一下箸处。他说他的糗事给我听。他喜欢喝没有绿豆的绿豆汤。金钟玉粟难为食。

明石明石。

那一夜我喝了酒。

夜极深彻，我拨电话过去，听见铃声在对面空洞回想。不见得不是一桩挑衅吧，在这样的时分打到他家里？我只觉得痛快。

"喂。"明石的声音醒到十分。

"纵使他们真的走私？与我何干？为什么找上我？"

没有开灯，而窗前有月，我的双脚静静站在月光里。

是否同样的月色照着同样的我们？令他同样地辗转难眠，不能入睡？

"你还记不记得，你对我说过，"他的回答，缓慢而有力，"从越南回来的时候，他叫你帮他带一条烟过海关？"

黄钟大吕般地他的声音，在夜色里。

"伊龙文与你何干？为什么找上你？"

我汗毛一根根竖起来。

一条烟能有多大体积呢？尺许长，巴掌宽，容不下一杆枪，却容得下全世界的猜疑。

我信任他有如信仰，但此刻，我的信仰摇摇欲坠。

默默，我压上电话。

第二天，迟到得不能形容。

却正遇到宝儿心情好，大宴天下，请全杂志社的人吃西瓜——窃窃私语里，都说，与那个"编辑部新来的年轻人"有关。

宝儿眼睛里满满笑意，整个人象 MTV 节目里的女主持人，镜头摇曳，她自己也摇曳，越发如风吹杨柳，一秒钟都定不下来。

连骂我都忘了，递我一块西瓜："你也吃一点。"附耳悄悄，"广州那个事，差不多定下来。你想得怎么样？"

又要避人耳目，鬼鬼祟祟，又等不及人散星稀。

我闭一闭眼："都可以。"

这城，还有什么可留恋？反正了无挂牵，拼一把也好。

接过西瓜，才咬了一口：

——有过这样一个下午。

日头焱焱，是一把天火掼在每个人身上。我在考场外面等，心急地抱着半个切开的西瓜。忘了自己的晒，只念着：如果他还不出来，瓜就不冰了。

那人出来了，看见我，先是一笑，再看见瓜，又是一笑。狠狠地咬一大口，蜜汁沿着他的嘴角往下淌……

为何心事总虚付？

　　他们吃完了，丢了一桌，瓜皮瓜瓤。我只怔怔看着，有血，缓缓地，沿着那惨绿的瓜皮往下淌，一扭一扭地，一条条小红蛇，犀利的红信子⋯⋯

　　我突然翻肠搅肚，想吐，却只闭紧嘴。不，我不想唇焦口燥地跟人解释："我是真的胃不舒服。"我怕众人都自以为心里明白的笑容。呕吐已变成一个特定标志，未婚女子不宜随便进行。

　　也许，只因为宿醉吧。

　　而并不是缘于，生命中一次又一次的毁灭。

　　我对宝儿说："我去组稿。"

　　坐在公共汽车上，车龙徐缓爬行，街市的嘈杂在车厢里横冲直撞，我听见音响店里有男声欢快地唱着：

　　"如果你要离开我，请把我的相片还给我，反正你也没有用，我要拿去还给我妈妈⋯⋯"

　　我几乎是听痴了。

　　还有这样的，轻松、无谓、过家家酒般的爱情，连分手都分不清是伤感还是狂喜。

　　但我们的时代是这样的：

　　如果你要离开我，请把我的心还给我，反正你也没有用，就让我守着它过一生⋯⋯

　　一颗残破的、用旧了的心。

　　等找到采访对象的家，我已经像从水里捞起来。也顾不得形象了，先干掉她两大杯冰咖啡，而她的微笑始终优雅美艳。

人说：许多年前，他还是初出茅庐的艺术青年，除了画笔与豪情，一无长物。她却在他的画前，为他画中的灵魂哭泣，泪水浸在明黄颜色上，泅出一颗小月亮。

"谁见画笔锅里煮？"父母说，"跟着个画家，你会饿死。"她却只说："生愿同衾，死愿同穴。"就这般嫁了。

自此远走天涯，几度轮回，千般甘苦，他终于成其大名，而他画中永远的容颜，仍是月光中的她。

凡美女皆传奇，但这般美满的传奇，却是一月之间两次满月般，罕有而令人心神撼动。

偏生他们夫妻都十分低调，我托了不知多少人，她才勉强同意见一见我。

我鼓起如舌之簧，游说她接受我的采访："读者对你们有兴趣啊。现在世道艰难，爱情沦丧，你们的故事会给大家很多信心，原来真爱是有的，如同并蒂莲连理枝。我不会乱写，稿件一定会经你过目……"

她淡淡微笑，略比画幅里胖了些，更雍容了："大部分你都知道了。其他的没什么了，我们的故事很平淡的……"毫不动心。

我陪着笑："多年夫妻，一定有些特别动人的细节，比方说，你们结婚周年在哪里过的？他给你买过礼物吧？……"

她仍是笑："早不记得了。"一径守口如瓶。

重重复复，只这几个字。

我趋前，搭住她的手，她脸上忽然一抹痛，手一颤，欲缩回。我陡然警觉，突地一手掀起她长长荷叶袖：臂上

大块青紫。

我目瞪口呆："他，他，"然后拍案大怒，"那王八蛋敢动手打你？"脏话都出口了。

她只缓缓缩回手，把袖子捋下，盖没所有伤势。起身，站到窗前。

珊瑚红的窗帘，一朵朵绽满银合欢，覆没了整面墙，无声地垂着。而她倚着窗帘，也是一朵僵死的花在华美底色上。

屋里冷飕飕，阴风不时从空调里喷出。我满身汗，一颗一颗都是冰冷的。

金作屋，玉作笼，她是玫瑰碗里的玫瑰花。她慢慢滑了下去，一滴泪如烛油般沉重，打在细致的原木地板上，一小汪镜子。

"后来才发现，他的脾气，可是，怎么办呢？……"哽噎，"他也会向我下跪认错，但是过一段时间，又……以前从来没人打过我……"

我蹲下去，在她身边："跟他离婚。"

她抬头，惨淡地笑，眼角凝着一颗泪："他才不怕我离婚，外头不知多少女孩子愿意投怀送抱，我种树，便宜人家来摘桃子？我只告诉过我妈妈，她叫我忍，怎么忍，几时是个头？我每晚都做噩梦。他平时很好，一发脾气，像魔鬼一样的……"

我握住她的手："告他，让他身败名裂，分他的家产。"

她的声音低不可辨："但我，仍然爱他呀。"一点一点蹲下去。

良久，她抬头，妆花了一脸，七彩纷呈，像最刺激的抽象画。笑："你的读者会喜欢这个故事吗？"

等不及电梯了，我一口气奔下去。脚步声在楼梯间来回呼应，轰轰乱撞，仿佛有无数双脚在争先恐后地奔逃。

真的，是在逃。

上了出租车，我才终于深深深呼吸，我快要窒息了。

也许她不会相信，这样的故事是读者更喜欢的。

以人最残忍低俗的一面，我们窥看人家的绝对隐私，在那些流脓的伤口前掩鼻。也许是一无所有的人，但因着别人的痛苦，而觉得了幸福。

人性的冷酷，可以去到什么地步呢？

我只是很努力地呼吸。

出租车陡然一个急刹车。

我向车窗外一看，正是一场我曾见过的，最惨烈的车祸。

那孩子的身体已完全破碎，奇怪地，却没有什么血，只是苍白、零乱地抛了一地，像电动娃娃身上的零件，拆散了。

他是从自行车后座上掉下来的，恰在当时，两辆大卡车相向经过，他被夹在之间，一擦……

那父亲到现在才停下车，居然还记得踢上脚蹬——隔好久我才明白，他完全不知道自己在做什么，支配他的，是身体本能的记忆，扑上去，搂住儿子，居然一块一块拼起来。

不知是街声的掩盖，还是他已悲痛得忘了哭泣，所有

的动作，竟都是无声的。

死亡如此无声。

而车辆堵塞，频频按笛，警察边挤过来边骂人，无数人在奔跑，有人欢天喜地喊着："快来呀，撞死人了。"

破碎了的血与肉，在我面前。

——我明白了。

如梦幻泡影，如露亦如电。红颜白骨只一线之隔。我原也不过是血肉之躯。

我丢下钱，推开车门奔下车去。

在肃静楼道里奔走，到处撞到障碍，发出轰然巨响。我只是跑着跑着，穿过所有开着闭着的门，种种惊讶、询问、制止，只扬一下工作证。仿佛奔过我二十七年的岁月，在赴一个死亡的约会。

他们说：他在开会。

手却在推门刹那停下。

轰一声推开的，将是一屋受惊的脸。众人之间，我们永远是：一个羊脂白玉天，一个红泥猪血地，遥遥相对，永远不能靠近。

我的步伐，极慢极慢，像枯叶的离树，盘旋留恋，万分不甘，终还是颓然落下，归为尘土。

"小庄，你是找我吗？"他的声音这样稳定。

已经走到楼梯底了，而他在楼梯最顶端，居高临下，默默看我，像从云端里天神的悲悯。我竟没有泪和汗，只像很渴，很渴很渴，全身的水都流干了。

"不要离开，不要伤害我。"

在青青的湖畔，我紧紧与他拥着。

难当心底的骚动，如火柴难当燃烧的诱惑，如落叶在腐朽里怀着重生的渴望。

至今始知，爱情像地狱深黑，如死亡热烈，比春天更加华美。

他只问："你愿意帮助我了吗？"

我身体深处，玻璃一样透明脆弱地痛着，充满愉悦的撕裂感。

渐渐沉入那黑暗的深渊，眩晕的漩涡。

烈火处处，尽燃我身。

我是嗜爱的兽，嗜爱如嗜血。

我不入地狱，谁入地狱。

他的身体瞬间密密溢满汗粒，冰凉浸人，是一块哭泣的岩石。

他却只低低道："锦颜，我想我是老了，我从不知道我可以这样清静地爱一个人，只有爱，没有欲望。锦颜，忘忧草的事，……你可答应我？"

我的声音在他怀里："我答应。"

摸一摸，硬硬的还在。

冰凉地、坚持地抵在我内衣之内。

明石说：是 120 分钟的磁带，足够了。

对于我的要求，龙文有点吃惊。"你又不懂，带你去你也看不出名堂。"

我很执拗："就是不懂才要看，增长见识啊。"

"交货有什么好见识的，开箱，验货，签收，然后就付账。没吃过猪肉也见过猪跑吧，不算一个好理由。"他气了。

我笑："第一，我只吃过猪肉，没见过猪跑；第二，'我要'呢？这算不算一个好理由。"

扰攘半日，他很勉强地去请示方萱。

不知为什么，我明确知道方萱一定会答应，而龙文也知道她会同意，方萱便更知道我们的知道。但仿佛有默契，众人齐心协力，一定要将其过程延长，并且极之艰难。

到最后，龙文还频频叮嘱我："多看，少说话。——你天生是个言多必失的人。"

此去将遇到什么？透不过气来的紧张，却只像恐怖片里女主角去拉开的一刻，关注着门后藏着什么，忘了本来目的。

到处东张西望，仿佛很机警，又好笑自己的做张做致。一切如艾丽斯漫游奇境记般趣致而不可信。

略略失望，并非港片里荒野似的码头：到处莫明其妙悬着吊钩，堆满集装箱——在随后的武打镜头里，它们将大派用场。就是一个普通的货运港。

太热了的缘故吧，头有点疼，喉咙发干。

自有公司的业务人员去办手续，龙文站在树荫下，与对方代表寒暄着。是个大胖子，打个赤膊，一身白肉如北极熊壮观，大汗流成河，流出来的都是油。

比较像杀猪的，但不像黑社会成员，连搞笑片里的都不像。

不知为什么，只觉头晕目眩，是太阳的直射吧。还强撑着要跟人家去办手续，寸步不离，尽忠职守。龙文也不理会我："自己去看嘛，就在那边。"

有大盖帽在场，我先一惊，才看出是海关人员在现场办公。说是药品，一盒一盒地拿下来，开包，检查，高声报出名称、数目、单价，填单。

西药名称分外长，听不出眉目。

极其无趣。

方萱也在场，丝巾密实包着，有波斯女人的神秘风情，正午时分，仍散着淡淡花草香气。一看到我，立刻温声催促："过来干什么，到树荫下去。"

太阳暴烈，我反而打几个寒颤。心不在焉，又退回龙文身边。

先以为是隐语，以饮食男女埋伏刀枪剑戟，但大胖子嗓门巨大，还不时岔开来喝吼众人："放轻点放轻点，那是药。"

转头接着跟龙文："在外头玩，也要讲一个中心，两个基本点，三个不动摇，四项基本原则。一个中心，以健康为中心；两个基本点，对老婆基本公平点，对情人基本温柔点；三个不动摇，老婆地位不动摇，家庭结构不动摇，经济大权不动摇……"

众人哈哈大笑，我亦笑。口干得紧，去买了一瓶水，只喝了一口，只觉满口发苦，完全不对劲，估计是自来水灌的。一阵阵，只想作呕。

阳光打在地上，铮铮有声，也不知捱了多久，终于大

功告成。龙文唤我，我便昏昏沉沉过去，刚与大胖子握一个手，只听"咔"一声，清晰明确地来自我腰间。

下意识地，我抬手去护，不知按了什么键，忽然间，它开始发声了，尖扭的怪音，吱吱嘎嘎地重复着："老婆地位不动摇……"

我昏眩得来不及观察众人的反应。

大胖子已经跳起来，声音恐惧得变了调："你是谁？你带录音机干嘛？你要干嘛？"把我当胸衣服一揪，我整个人被拎起来，龙文扑过来："何先生——"被他一掌推得轰跌于地。

我半死不活挂在半空，尖叫起来，只听方萱一声大喝："放下她，她是我的女儿。"

……

我觉得我不存在了，我是一锅煮沸了的汤，气泡翻滚，四处流溢，这样滚烫灼人，烧痛了我。我不要这个身体了。

恍惚地念着：九月九日。

一时又非常冷，寒冰冷雪，陡然闪过他的脸，曾如寒冰冷雪，甚至不肯看我一眼。很认真地想，我要去空调的出气口躺着，那里一定比较暖和，有热风吹。他是我的寒冰冷雪。

九月九日。我知道我在昏迷，我一定要在九月九日前醒来，不然就赶不上了，有很重要很重要的事要发生，我一定得醒着，并且欢喜雀跃。

见到父亲，脸是一团雾，我却一眼认出他，仿佛十分清楚明白，只质问："爸爸，有个女人，说我是她的女儿，你做过什么？"他开口："九月九日。"

……迷迷糊糊开口："今天几号？"

"醒了醒了。"一片低语啜泣，"七号，今天七号。"

我很宽慰，到底赶上了，不曾错过。一转头，便又睡着。

再醒来，只是非常虚弱。白血病女主角一般躺在雪洞似病房里，打吊针，周身透出娇弱惟美之气来。

若是电影，那么这是一部早已不流行的、山口百惠时代的老片子了。

我喃喃："我要做特工狂花。"还有没有机会，做一个勇悍、无可抵挡的女子？

床前，静静坐着方萱。她瘦了。月白衫裙裙摆四散，仿佛一小泓淡蓝的眼泪，凝成薄冰，随着风起，微绽裂痕。

有微脆的碎裂声。

而她周身的花草香气，一如春日。

此刻她扑过来，"锦颜，你说什么？"

我微弱笑一下："你瘦了。"

她眼圈当即红透，泣不成声。

"锦颜，对不起。"

我有气无力："我的感冒是你传染的？"

她简直不知该如何开口："我说的是……"

我已经知道："与我父亲？开始是错，结束更是错？"

错到底，是一种花纹的名字，秀媚里透着毅然决然。

她焦灼地解释："锦颜，那块玉……"

我说:"我饿了。"

她立刻起身出去。

不是不好奇的,但我该如何窥探我父母的情爱生活?

也只是寻常民间故事吧?

大抵雷同,已婚男人与红颜知己。

像《罗马上午十一点》里的大律师与他的女秘书——那甚至是一部黑白片。

更甚至明清的笔记小说:有妇使君遇到心仪女子,深深上前一揖,甜言蜜语:"房下之人,貌陋质劣,久已不睦,此去定当禀告堂上,速速遣归……"

我苦笑,呵,甚至我自己。

方萱又回来,龙文随在后面,捧了一个锅,对我笑道:"越发像才女了,随时可以由两个丫环扶着,在白海棠前边吐半口血。"

我嘿嘿数声,力气只够皮笑肉不够,不然就伤筋骨了。

是皮蛋瘦肉粥,烫,尝了两口且搁下。

方萱只说:"我一直在找你。"

一定相当困难。

听母亲说过,我们本籍湖南长沙,我两岁便举家搬迁至辽宁丹东,父亲去世后母亲又拖着大的带着小的来到这里。

万里迢迢,乡关何处。

在本地,我们一无亲朋,所有年节都自己度过。

我答:"我想,是因为造化弄人,不是为了躲你。"

她只哀哀:"锦颜,我不是抛下你……"

我很累，还不得不世故接口："自然，但你单身女子带孩子不便；还有，当时你经济状况不允许；另外，在一个正常的家庭长大对孩子有利。我明白你是为我好。"

她脸上露出微微宽慰，复又沉默，许久："你真是个聪明的女孩子。不知道为什么，聪明的人多半都不够勇敢。"

她所谴责的，该是我父亲吧？

她也曾经如我，是个勇敢的小女子，当爱如潮涌，便身随爱去，不计后果，但他瞻前顾后，犹豫不定。

毕竟，她只是他的心上人，并不是枕上人，衾中人，共同走遍人生路的人，而那颗心，也只是一颗愈来愈中年、愈来愈冷硬的心吧。

仿佛又听见二胡了，幽幽地，凄婉地。

《二泉映月》，是他生命中两条不可舍弃、不可并存的泉水吧？

母亲不大提父亲，我也不大问，失怙，也不过人生的一种缺憾吧？没什么大不了。但偶尔听见收音机里的二胡曲，母亲总会刹那失神，很快她便调了台。

但我记得父亲的白衬衫，挺直裤线，他扛我在肩上看动物园的猴子，他拉二胡时的幽怨情调，他曾经在几分钟内拼好魔方的六面，他替我扎过小辫子。

有时，他接我放学，会和一个陌生的阿姨一起走一段路，年纪小吧，记忆里天格外地高。

也有找到家里来的女人。

照片里的父亲，有那个时代少有的温文与骨子里的傲岸。他像一坛醇厚清甜的米酒，女人们都爱喝。

小时候我和锦世打架，他哄着劝着，不断是非，不责备任何一个人。他也同样地，对待身侧的女人吗？

最终伤害所有人。

我接不了口，索性埋头喝粥。表面冷了，里面仍烫喉刺嗓。

忍无可忍，一推碗，对着龙文："我要吃馄饨。"

"锦颜，"方萱吞吞吐吐，"你想不想跟我住？"当龙文去后。

我犹豫了很久，明知拖得愈久愈是给她希望，但其实只思索如何开口较为委婉。

我说："并没有区别。我二十七了，很快会遇到男朋友，结婚，自己有自己一个家，现在动来动去，有什么意思？"

忽然她便老了。她的艳冶雍容分洪般流泄一空，皱纹乍然加深，繁密，像无形之中绽开的死亡之花。

她仰起脸："锦颜，你二十七了，而我，是二十三岁生了你。十一月，我就五十了。"

仍如一朵芙蓉开在云霓下，但她掩住脸的手臂在阵阵颤抖，也许因为流泪，也许是病房里的空调太冰凉。

而她也已如大部分中年人，有会咯吱咯吱响的关节。

五十岁。

西谚说：五十岁以上的人都是老狐狸。

她是雪夜里娇媚的银狐，无声行走，缠绵痴醉，踏雪无痕。但她，竟然也老了，如水银泻地，无从收拾。

我心酸地掉下泪来。

太虚弱，撑不住，倒下便睡着了。

所有人都围着我，轮流出现，锦世正放暑假，也帮忙拿东拿西地招呼，连周伯伯都来看过我好几次。母亲整天为我做出好吃好喝地伺候我，三四天，才觉得精神济一点。

连自己都不好意思起来，这个时代，早已不流行缠绵病榻、脸色苍白、只有咳嗽时双颊才会有美丽血色的肺痨美女了。

趁母亲偶尔出去一会儿，我问龙文："你早知道我是她女儿？"

他笑："不然怎么会出现。"

我叹气："多么大的打击，我本还以为我魅力超群，来者难逃电网呢。"做个很灰心的表情。

他大笑："锦颜，有力气开玩笑，我看你死不了了。"

"这些日子，是她让你来照顾我？"

他稍许踌躇："差不多。"

我握着龙文的手，不知说什么好，半天："谢谢你，你做得很好。"

他倒吸冷气，笑："简直是女首相慰问底下员工的口吻。锦颜，我一开始就说你有领导之相。"忽地想起，"你昏迷的时候，一直在说九月九日，什么意思？"

九月九日。

我低下头去。

我记得的，当田园静好，当破坏与混乱尚不曾来时，我曾对自己承诺，要在九月九日成婚。因那是本世纪最后

一个好日子，九九九九，千足金一般地天长地久。

而我生死异路，拼尽全力，来追赶一个已经不存在的婚礼？

我与我的爱情，并不曾久久久久。

病了便有这点好，凡有不情愿回答的，立即："我想休息。"

龙文临出门，又折身放下一张报纸在我床头。我心知有异，草草翻一翻，都是些国家大事，头版头条。看不出什么名堂，刚欲放下，忽然掠过一个"萱"字。

"本报讯：在最近增强纳税意识的一系列行动中，又有一家公司受到感召，主动将几年来所漏税款一一补交。这家名叫'忘忧草'的公司为中法合资举办，一直错误地认为，合法避税是可以的，漏交欠交国家大量税款。经过学习与教育，一次性交清所有款项。省国税局当即表示，免除其罚金……"

我岂是在乎这个？

我是最没良心，对天下大事最没兴趣的那一排人。

如果我眼圈发红，久久不肯把脸自报纸上抬起，那是为了她的心，如此诚惶诚恐，一意取悦我：她的女儿。

我该怎样告诉她，不必要。

母亲轻声问："怎么了？"端了一锅排骨汤，放在我身边小几上。

我几乎是连珠价叫苦。

瘦了八斤，我决定趁热打铁，在这基础上再瘦八斤，彻底做一个骨感美女。她却下定决心，一定要把失去的损失夺回来，填我如填鸭。

一加一减，终究归零，那八斤是白耗了。

"她，跟你说什么了？"早已在她身上不见了三十年的机警，又跃跃欲试。她坐下来。

我一愣："谁？哦，她没说什么。"

母亲脸一沉："到现在，你还要骗我。"

我大惊："哪有的事？"

"那么那块玉呢？你回来提都不提，往抽屉里藏，当我看不到。"母亲竟悻悻然。

我半晌，恍然大悟。

那一次，她的焦虑与盘问，口口声声："你没有什么事瞒着我吧？"是为着她自己的爱情争战。

至于那块白玉，因为不识货，又没有好衣服配它，故而随手一搁，谁料便是欺君大罪。我只好闷声听，

"没想到，这么多年了，还在她身边。"母亲眼圈不自禁泛红。

我问："妈妈，是爸爸送给她的吗？"

母亲嘴唇良久颤动："当初，你爸是在黑市上，三十块钱买的。那时，我们俩一个月工资加起来还不到六十块。我就知道不对头。又在上面刻了那样一行字，私章不像私章、闲章不像闲章的，再过些时连玉都不见了。问他，还跟我支支吾吾。我心里一直是个结，原来是送了她。"事过境迁，笑里却仍有苦涩滋味，像炒得烂软的苦瓜，淡淡苦着。

我实是小觑了母亲。她老早便知，除了那一次追问，

竟能一直行止如常，毫无异色；或者，只因我的心事繁乱，忽略了母亲的一切不同，她所有的悲伤？

"妈妈，虽然以前是爸爸对不起你，但他已经过世那么多年了，看开吧。"非常肉麻非常连续剧的说词，但谁来告诉我，此刻我能说什么做什么？

母亲匆匆拭泪，哽咽："其实我也对不起他，要不是我，他不会死得那么早。"

《胭脂扣》或者《献给爱米丽小姐的玫瑰花》？有黑的火，瞬间跃生。所有诡异小说的情节嘿嘿冷笑着，吐着妖异火苗，在我心里纠结如九头鸟，互相咬噬，血滴滴而下。我问得战战兢兢："你做了什么？"

她只是频频拭泪，我心焦如焚，又不敢催促。

啜泣着："她跟你爸，我一直睁一眼闭一眼，——也不是第一个了。可是你爸回来说，她有了，求我成全他们。"母亲呜咽出声，"不是我不通情达理，我成全了他们，谁来成全我？我后半辈子怎么过？你外公外婆还要脸哪。"双泪簌簌而下，"我又不是不能生。"

我叫一声："妈妈。"害怕起来。

"后来就生了你。你爸把你抱回来，你只有这么一点大，"照她双手比划的尺寸看，我生下来至多像一只小老鼠般大，"他说，要叫你'金燕'……"

十足大红大绿小保姆的名字。

但且慢："金"，萱草也就是金针菜吧？

"燕"，旧日王谢堂前燕，飞入寻常百姓家？

唯一的、小小的纪念。

不曾实现。

"俗气得很。而且我的女儿,我要自己起名字,我抱你去上的户口,'锦颜',他跟我吵也不理他。后来去了东北,又有了锦世,我想,过些日子,你爸也就忘了她。可是他从此没有开心过,如果不是我……"

夜色深黑不见底的夜里,父亲的二胡如此凄迷热烈,是他难言的心事。

我屏住呼吸:"如果我肯成全他们,你爸爸也许不会得肝癌,不会死得那么早……"母亲痛哭流涕。

她们两人中,始终是母亲爱父亲更多。

我松了一口气,旋即大哭起来。

我在怀疑她什么?

她对我那样好那样好。

多年来,她独力支撑着一个家,亲生非亲生的儿女一样对待,是她给了我幸福生活,还有阳光、空气、水和食物。但我从来都不是一个乖小孩。

高考前一天,我还与母亲大吵一架。

考试在即,我在家里坐立难安,心烦意乱,觉得任何一个公式都没有把握,却千头万绪,不知再从何复习起。

母亲安慰我:"不要紧,考不上的话,就到我们所里来就业。"

一颗母亲的拳拳之心。

我一听,眼睛都红了。觉得像一句不祥的预言,会一语成谶,我就一辈子在水生所里喂鱼;又恨她太不把我当回事,这等终生大计,她都浑不在意;又觉得她看轻我,

难道我会考不上……

与她大吵一架，边哭边嚷，自己都听不清说了些什么。

母亲一直哄："妈妈不好妈妈不对，锦颜不哭。"

要过十年，我才知道自己有多么的不懂事。

诚然，我是由方萱所生，但我挚爱的母亲，就应该是这样。

早早开始烫老气的头发，戴一对金耳环，穿起老式阿婆衫，提前退休，比别人早好几折地进入老年生活。

零打碎敲地炒股，永远跟人家屁股。涨，她亏，跌，她更亏。具体如下：

5 元买进，在 4 元被套，好不容易千难万难捱了两年，哇，涨到 6 块，妈妈极其振奋地抛出，杀鸡杀鸭地庆祝。然后股市继续高开高走，直到 8 块，所有的股评家都说还会涨，妈妈动心了。

——然后就跌到两块了。

整天与股友周伯伯同去股市看股，或者与他交流心得，偶尔还说说小燕子，说时脸红绯绯的，有时还引用："化力气为浆糊。"

我就批评她，"妈，您好歹也读过大学的。"

又与周伯伯去莲花山旅游一趟。拍若干合影，被我和锦世痛笑一顿，她不大高兴地藏起来，不给我们看了。

而那方温润玉石上，到底镂刻了什么心情，令痴男怨女们皆不能忘怀？

锦世到底聪明一回。自抽屉里悄悄找出后，藏在身边，趁众人不备，塞进我手里。来势凶猛，我吃一惊，龙文侧脸莞尔，只装不觉。

过一歇，龙文拿来印盒与纸。

印泥是朱红色的。

蘸得饱饱，全力印下。

有一女妖娆如玉。

静静凝在纸面上，笔迹纤细，却是艳红的、血滴滴的七个字，仿佛一刀一刀割在纸的肌肤上。

纸的素颜破碎了，血珠渐渐绽放，渗透，顺着笔迹淌落。

是我不小心咬破了嘴唇，而血是这样温暖，在我的嘴角，腥而甜，像一个犯禁的诱惑，提示给我生命的滋味。

这是全心全意地，叹赏不止的赞誉，在一个妖娆完全不被允准，甚至目为邪恶的年代。一个男人勇敢地，对他心爱的女子说出。

但爱与媚惑，都只是一刹那的事。

谈什么天长地久，说什么恩爱永远，都是杨柳间的风，流过去，千万根柳丝，在它身后徒劳地追着赶着，追不上也留不住。

我哭了又哭。

简直会脱水干涸而死。

躺在床上十分无聊，盼望人们看顾，但直到银行的人事处长来访，我才恍然想起：我原来是有单位的。虽已遭弃，在理论上，我仍然是它的人。

他携旺旺雪饼一大袋及一个消息：

单位即将送我们进行岗前培训，考核上岗，入储蓄所，从基层工作做起。

为我送来党和人民的春风，他对自己很满意："小庄，这是好消息啊，你赶快做点准备。"

但我只心中茫然。

虽然没在储蓄所干过，但我知道的。

数钱？每一次出入都得手工三次，机器两次，客人老是搞不清利率或是比率，耐心解释到三言两语直至烦躁之极："不知道。"账每天结，一个月轧一次，年终一次大轧。只要不少钱也不多钱，就万事大吉。

这样看来，做编辑有何不好：抢作者，抢稿子，大打出手都不在话下，成与败都刺激热辣。天天遇到些奇人异事，神鬼怪谈，生命的绚烂多姿我全盘领教。

两份职业，是我的新欢旧爱，难比高低，只纠结于心，一思一想，便气血翻腾。迷惘地，跟自己挣扎。

如果三个月前，我会欢天喜地受命，第一时间上班，但此刻，我珍惜我已付出的，那些血汗。

是否，我已经回不去了？

我已自百合女子开成沙漠里的仙人掌花。

母亲却高兴得不得了："好好，又可以上班了。"不停念叨，团团转，不知该如何发泄心头喜悦，最后只好给周伯伯打电话。

方萱眉头一皱："去储蓄所？"思量半晌，"你先去培训，我自会安排。"语气平稳，却不容置疑。

仿佛木已成舟，只待我跳上船去，它便开动，一往无前向着康庄大道。

谁也不知，还有条贼船，等着我。

但这样久，杳无音讯……

"接电话接电话"，一个怪腔怪调响起，吓我一大跳。众人皆茫然四顾，有机一族开始看自己的手机。

我突然回过来："我的我的，才买了几天就病了，根本不知道它会发这种声音。"

龙文替我把皮包递过来："谁的电话？"

不必接，也完全知道来自何人，所为何事。

果然。

我静滞片刻。只是一念之间，追求或者放弃，挺身而出抑或按部就班，一旦选择，此后种种，我无法想象，却深知，无路可以重来。

如罗得之妻，一回头间，变成盐柱。

或者农神的女儿，稍一反悔，便永堕冥界。

宝儿亦觉得了："保证金要三十万，恰好是卖房子的全部收益，像晏着数目来的，我已经交清，看，破釜沉舟。"不知不觉，她也放掉了她的嗲，一字一粒银，矜贵珍重，"锦颜，你是来，还是不来？"

我答："来。"

还她以一字千金。

群情大哗。

母亲脸都白了，翻旧账："你想怎么样？如果不是下岗，你现在婚都结了。"

是，但其实早已不是爱情。

如同一个鸡蛋，总是静静躺着，蛋壳光润粉红。直到敲开它，一股臭气扑鼻而来，流出腥黄的臭水。才知道原来它早已变质，而且永远永远，不能复原。

如果当时结了婚，任它在蛋壳的包裹下，变本加厉地发臭发黑，那么，当更大的考验来临……

我甚至感激下岗，是这般小小的一敲，敲开壳中乾坤。

方萱亦道："创业之难，你懂多少？"

我说："你最懂，你来告诉我。"

"起码三年胼手砥足，腌菜度日。我见过有多少人，什么苦都吃得了，精明巴辣，人中龙凤，只是犯一点点错，或者时机不好，就完蛋了。"

连她沉下脸来时，都有异样妍媚，像白描牡丹花新拓，瓣是黑的，而线是银的。

我不服气："我总要试一试。而且你能，何以我就不能。"

"你跟我不同，你是要结婚的，"方萱真有点恼了，"你赶快找个好男孩结婚生子，行不行？"

"是呀，你也不小了。"这是第一次，母亲赞同方萱的话，"你不抓紧，想拖到什么时候去。"

我万般无奈："两位领导，我在生病呀，可不可以让我休息。"

结果两位领导各各怒视对方，认为是对手将我这一乖女儿教坏。愤愤而去。

龙文只笑："庄锦颜舌战群儒。"

我忽然有点心虚："龙文，你怎么想？"

他老老实实答我："百分之百不希望你去。你这人，表面上冲锋陷阵的，其实哪有一点照顾自己的能力？你看你这次，一塌糊涂，病得我心都要碎掉了。你知不知道，你最高烧到42℃？"

我睨他，好气好笑："好像你爱上我了一样。"

他弹弹眼睛："你怎么知道我没有爱上你？"

爱是惊喜忧患，甜蜜的负担，而我们之间，是兄弟姐妹一样的亲。

果然他叹一口气："我要是你哥哥，绝不让人欺负你。"

外头一阵喧哗，他出去看看，进来向我汇报："有个姓罗的人要来看你，给你妈妈哄出去了，"惊叹，"想不到阿姨有这么凶？"

"罗？"我有点茫然，"我不认识什么姓罗的？李洛？不会吧。"

龙文嘴角隐约生笑，再也不能自禁："是吗？说是你的前度罗郎呢。"

我怔一下，哈哈大笑。

与他是怎样的开始？是谁遇见了谁，还是我们共同与青春相遇？与他又是怎样的结束？是谁离弃了谁，还是时光将我们一起离弃？

都已经不重要了。

在我的人生版图上，他是一幅铅笔画，已经被橡皮擦干净，即使残留了铅痕，也越来越淡，终究荡然无存。

　　我甚至猜想，他的消逝，就是为了让出空间，容更重要的人出场。从此，我的快乐，我夜晚的花香，都没有他的份儿了。

　　我以前怎么没有想到？

　　龙文突然想起什么，笑道："哎，何老板要登门向你请罪呢，原不原谅他？"

　　我茫然："何老板是谁？"

　　"病得失忆了？就是那天，那个把你一揪的……"

　　"大胖子，"在床上也跳起来，"他吓我干什么？他有病？"

　　"他呀，他以为你是他老婆派来的私家侦探，刺探他外遇的证据，跟他打离婚，分家产的。"龙文哭笑不得，高声说。

　　我呆了半晌，又大笑，嚷着："不管，他把我害惨了，要他赔医药费。"谁理青红皂白，先栽给他再说。

　　龙文冷笑一声："这么算，该赔你医药费的，是那老男人吧？"

　　我心一震。

　　方萱就更知道了吧，所以一字不曾提起。

　　此后，如何面对？我的卑鄙，小小地缩成一团，变成爬蛇，在火湖里，受琉璜燃烧。

　　他咬牙切齿："那老男人拿你的命来冒险。如果我们真的在走私，你还想活着回来？"恨极，"要不是你喜欢他……哼！"

我只低头不语。

"为什么喜欢他？锦颜？"龙文突然问。

我紧抿嘴唇，万分艰难地回答："都结束了。"

如果我说得出理由，如果有迹可寻，摆脱又怎会如此困顿至不可能？

黄昏是生命中的金色时分，在黑暗终将占领之前，有片刻的美与神秘，没有声与光，却又处处都是幽光，伴着隐隐的丝丝声。

我在龙文拿来的手提电脑上，埋头苦玩电子游戏《樱花大道》，如日本出品大部分游戏，三分游戏七分色情。一男多女，追到一个女孩便在她名下盖一戳记，铿然有声，是他的人了，要到每一个女孩都被注销，才算通关。

有一个女孩，叫和子的，一心一意要做修女，开口是主，闭口耶稣，无论如何追不到。这一次，我下了决心，一定要玩通。

画面上，是深夜，窗外有异声，男孩出去巡视一圈，什么也没有。两个针锋相对的选择：1. 接着找；2. 回去。再找一遍，仍然什么也没有，而电脑也锲而不舍，仍旧问：1. 接着找；2. 回去……三找，四找，五找……终于那边有个缥缈的人影，是和子。

在现实生活中，谁肯？

一顾再顾，三寻四觅，只为找到那一个她？

不不不，莺莺燕燕真真，花花柳柳春春，是十二只粉

151

蝶儿飞。一个恋花心，一个揽春意，一个翩翩粉翅，一个乱点罗衣……任哪一只都可与祝英台梦里为期。

所谓唯一，只是荒唐传说吧。

仿佛有阴影，如悄悄来临的鬼魂，匿在门边进退不得。我百忙之间偷空看一眼，手便萎了。

这一局，我又输了。

深黑西装，几乎与暮色浑然一色，但沈明石的眼眸，猛兽一样晶亮。

坐下是虎踞，站起是龙抬头，行走间是豹的矫健与轻灵。

他黑衣之下，竟藏了那么多兽的本质。

"听说你病了。"如此开场。

我低头："是。热伤风，没留意，转成肺炎了。"

"现在怎么样？"他走近几步，把怀里的花放在小几上。明黄康乃馨、素白马蹄莲、粉碎满天星，是送病人的经典组合。

"好多了。谢谢你的花。"我中规中矩答。

仿佛只是寻常探病与被探。

吞吐半晌，他终于说："对不起。我不知道会这样。"

我答："法律上有一种罪，应该知道应该注意却疏忽了的，叫过失杀人。沈明石，你真的不知道我和方萱的关系？"

他十分不安，沉默良久："我知道。就因为知道，才明白你没有危险。锦颜，我不会拿你的命去玩。"

我咄咄逼人："没有危险？那我现在在哪里？"

他沉默许久，方道："对不起。"

"我知道我说什么都是废话，可是锦颜，我绝对没有存害你之心。"他一字一字说着。

门外有喧哗响动，谁吱哑推开门，高声："沈主任，我刚才在楼下就看到您，我那个事劳您费心……"

他止住他："我来看一个病人。回头再说吧。"坦然之至。

我震动一下。

他升了？他还是升了？真嘲弄。原来他并不需要我为他出生入死。我不过是他赌局中最小的那一枚筹码。

我脱口而出："是我活该，沈大主任官运亨通，我却跑去搅扰。误了人家大事，千刀万剐都赎不回……"

甚至唱起来，笑滟了一脸："都是我的错，是我爱上你，让你尝到被爱的滋味……"

他始终不发一言，任我泄愤。

我却说不下去，左右转头，屋里除了灰暗，再无其他。我并不知道，自己在搜寻什么，灵魂深处疼痛非常清晰。

"锦颜，"他唤我，隔一会儿又唤，"锦颜，"像那阕叫做"声声慢"的词，声声唤着，"你会不会——"

他顿凝。仿佛百般不可出口。

我只微笑："不。"

他怔一下："你还不知道我要问什么？"

我看着他的眼睛，我看进去。他的眼睛，是我永生不

会再遇的海。"无论你问的是我会不会恨你，或者会不会原谅你。我的回答都是不。"

卡门说："我爱过你，但是我现在已经不爱你了，而且我为我爱过你而恨我自己。"

我也同样说："我爱过你，我为我曾经爱过你而恨我自己，但是，我仍然爱着你。"

甚至笑着。我的笑是莲子的心，青翠而馨香，缓缓浮荡，像在水上飘，染得一室皆春。

他悚动。大概只有我知道，他是怎样一口一口啜饮，任那苦进入他的口腔，他的喉咙，他的胃，再随着他不断跳动的血管，直到他心头，终生在他体内循环。

世事可以苦到什么程度呢？我自此懂了。

"因此，既不能恨，也不能原谅。"

不足以爱到为他舍生，也不足以恨到取他狗命。啊，既欲其生又欲其死，三千年前，便有孟子说，叫做：惑。

"我以后，可能也不会爱什么人了。"

爱情原是啤酒的泡沫，哪有一杯啤酒有两次泡沫？

他仿佛有千言万语待要出口，却只低声说："你要好好养病，如果有事还是来找我，"说不下去，"那，我先走了。"

等他走到门口，我突然喊住他，轻轻地、无比绝望地问："明石，你到底有没有喜欢过我？"

他不转身，却缓缓解开外套，褪下衬衣袖子，让我看见一条十几厘米长的伤疤，斜斜穿过他的背，如刀锋锐利笔直。

他叫我："锦颜，"一个字一个字咬得那么用力，是他一生中最后一次唤我的名字吧。

"这是我二十年前，在战场上受的伤。二十年来，它一直在慢慢痊愈，可是永远不能完全愈合，也不可能消失。而我常常做梦，梦到受伤，轰一声炸弹，梦里一样满身血，一身的疼。"

"锦颜，你是我的伤疤。"

他背上肌肉轻轻颤动，但他只是穿回衬衣，将外套系好，伤疤重又没在那坚挺冷淡的黑西服里。一只鸟急促地叫着，从我的窗前经过，隐在黑暗里。

天彻底黑了下来。我只躺回床上，缓缓提起毯子盖住脸。知道自此终生，我不会再见到他。

不久也就出院了。

仍为着去不去广州的事与母亲夹缠不休。

我便时时往外跑，坐着龙文的小牛犊。

那一日，等我上了车，龙文才说："有一份礼物要送给你，庆祝你的康复。"我笑："什么芝麻绿豆，也值得一庆。"墨绿小牛犊缓缓停下，他说："到了。"为我打开车门。

我抬头，整个人凝在一脚踏出车门的姿态。

一家小店立在街的转角，横街竖街两列店铺纷乱的交汇处，它却是透明羽翼的白孔雀，阳光自由进出它的落地

长窗。巧克力色的门，巧克力色的长窗帘高高挽着，巧克力色的招牌："锦颜之梦——巧克力专卖店"，沉褐而妩媚的字体，像东方女子顾盼的眼眸，含着笑。

有小小歪扭稚气的字迹，写在明净的窗上："锦颜说，她一生唯一的梦想，便是在一个巧克力色的下午，坐在阳光里，咬一块香浓的巧克力，喝一杯酽苦的秋茶，看一部叫做《威尼斯之死》的电影或者叫做《金阁寺》的小说，而人生并没有更苦的事了。"

很没有情调地，我以为我又一次中暑。

而在死亡之前，会通过白光的隧道，平生所有不曾实现的梦想，都会一一重现，是不断铺陈的壁画，宛如生命般不可挽回。

我目瞪口呆："龙文，这店……是怎么回事？"

龙文只说："不想进去看看吗？"

推开门，一地零乱，工具丢得到处都是，有工人跪在地上细细打磨着木质地板，笑着抬头与龙文打个招呼，但夕阳直射进来，对墙上一片虹霓。

那上面挂满巧克力盒子：桃红的一颗心，镌着唯一的"真爱"；扁平的大方盒，一丝不苟地画着一排排卫兵似的巧克力；黑锦囊，金丝银线地绕着，是圣诞节情人之间互送的瑰宝吧？……

我禁不住抚过它们，恍惚而迷乱，只极轻极轻，仿佛触着银河的边缘。盒子们被晒得如许温热，是吃掉了的巧克力的旧魂魄，还在记忆里香浓。

什么东西交到我手里，我下意识一握。龙文说："是你的了。"一串钥匙，"下星期开业。"

大滴大滴的汗，落下来。"为什么？她——其实没有必要……"悲凉竟如此无中生有，"你不要对我说，她觉得对不起我，因而想要补偿。太港台长篇连续剧了。"

龙文淡淡道："我还以为，她只是想帮你实现梦想。做父母的，为孩子设想，是分内的事。"

"我哪是做生意的料。"

"不是你说的吗？谁想赚钱，"龙文笑了，"有时间过来坐坐，喝杯茶，吃块巧克力，看什么不顺眼就管一管，没时间就算了。"轻描淡写，"锦颜，不要去广州了。我们都不放心。"

"然后年底分红？"我挑明了问。

"你要愿意，按月拿也可以。"龙文亦挑明了答。

我口里发干："大致是多少？"心里怦怦跳。

"只要是正常开支——"龙文语音拖长，卖着关子，蓦地一锤定音，"任何数目。"

我静默片刻："为什么要用这种方式？"

龙文忽然讽刺我："开一张支票出来当然最方便，只怕你突然高尚起来，撕个粉碎，还口口声声：'我要我的气节。'"

——可以不上班了。不必在清晨的公共汽车上跟人吵架。也许会有私家车。一幢湖畔的小木屋，后园种满黄水仙。甚至可以把宝儿那幢买回来。呵还有我的气节：我自

此可以做一个率性清高的女子，随时随地骄傲地说："不为五斗米折腰。"因为已经有了十斗。

众人都是营营役役为名为利扰来攘往的工蚁工蜂，独我是穿着红绣鞋一尘不染的公主。

不能抵挡的，究竟是诱惑，还是心底起落的欲望？

我迟疑着："但是……"不知如何继续。

起了风，所有的盒子都动荡起来，细微锐利的撞击声，是一墙的铿锵玫瑰。而辉光寸寸滑落，瞬时黯了，想是夕阳已经沉下。

忽然我整个人靠上去，贴紧。

整面滚烫的、不安的墙。

……那年我十一岁。贫瘠的八十年代初。

大年夜，窗外白雪纷飞。窗内年饭桌上，小小的魔术时刻，母亲突然把握紧的拳一张：是两块金币巧克力，金灿灿。

比黄金亮，比真币重，花纹如雕刻般明晰，我们在欢呼里接过，相撞的声音脆而亮。

怎么舍得吃。我与锦世一人拿了一块，指着屋中的每一件家具、摆设买进买出，讨价还价，吹一吹，做势在耳边听一听，大喊："十足真金。"

十足真金，十足真金……喊得不亦乐乎，直到第四天，母亲同事带着孩子来拜年，眉心娇纵的一点红。那孩子一见即要，一被拒即哭，一被她母亲喝斥即撒泼，小红袄子在冰冷的水泥地上打滚。

母亲连声："给她给她。"往孩子手里塞。她同事也连声："不行不行。"用力推回来。两人你推我挡，打太极拳一般，最后那孩子声音含糊不清："谢谢阿姨。"满嘴塞满巧克力。

门关上后，锦世终于抽噎出声。

……那种金币巧克力早就买不到了。

龙文轻轻唤我："锦颜。"

我只伏着，许久许久，感动、震撼、爱与被爱，满心里挣扎厮杀。原来求而不得或者不劳而获同样令人心中忐忑："如果我不要，可不可以？"

龙文怔住："为什么？她这样用心良苦，要么——"责我以大义，"锦颜，你还是怪她？现在时代多么开放，你也是大学毕业，你自己还是女人，连你都不能体谅她？她，实在是不得已。"语气很苦涩。

我只低头："不是为这个。"

半晌，他有点赌气地说："随你便。反正我只是个听喝的人，拿人家钱替人办事，好不容易办成了，大小姐又不满意，算我活该。"他自嘲，"我不过是方萱门下一走狗。"

我有些不安："龙文——"

但他是真的被得罪了，沉脸重声，发语如枪："也许像你父亲那样最好，因为不在了，永远没有机会做错什么。死亡令一切完美。反正对方萱来说，活着是她的狗，死了才是她的神。"

一句辱及我父母两人，龙文太过分了，但我的诧异多

于恼怒，因他只扶着墙，脸容一如素日俊秀，暮色却突袭而来，在他脸上打上灰暗的烙印，像一道痛楚的伤痕，隐隐溢血。

这不是素日的他。

风吹上来渐渐有点凉了。

气候仍如盛夏，但是秋了。

龙文并不看我："走吧，我送你回去。"止住我一切的话，"想想再答复我吧。"

绿豆汤新从冰箱里取出来，冰甜，含在口里，是暗绿将溶的雪。汤匙刮在瓷碗上，一声一声嘎嘎着，我只心烦气躁，难以下咽。

母亲坐在对桌看我，我以为她会一如往日问："怎么喝不下？太甜还是不够甜？太冰还是不够冰？不舒服？要不要吃药……"

但她只是说："如果她——"迟疑着，界定了方萱的身份，"——你妈妈，要给你什么，你就收下吧。"

是一把钢针密密刺我，我道："妈妈，你才是我妈妈。"像说给自己听，极其落寞地坚定着。

母亲却很通达："生恩养恩一边大，争不来让不去，谁计较这个？我是为你考虑，她有钱嘛，又没有别的孩子，不花在你身上还给谁？你也就不用去广州了。再说，也是一份嫁妆。"字字句句都是实在的。

又加一句："你有空也常过去陪陪她，想她也寂寞。反正锦世在学校。"

"那你呢?"

母亲迟疑一会儿:"我,我自有安排。"

我有点宽慰:"是啊,拿点钱贴补一下家用也是好的。"

母亲竟立时正色:"锦颜,我同你说,她给你多少钱都是你的,跟我和锦世没关系。各有各体,各有各家,我怎么会用人家的钱?"

"但是,"我不知所措,"我们是一家人啊。"

"她不是。"母亲断然。

"她"来"她"去。是龙文的她,母亲的她,我的她。她永远是她,第一者与第二者之外的第三者。没名没分,没有称呼。

"妈妈,"我很小心、很小心地问,"你还在恨她,因为她抢了爸爸?"

岁月偷换人间,一切一切都在变迁,有些伤害却恒久而新,像个永恒的胎记?

母亲的沉默,沼泽一样黑,深不见底。我突然强烈知觉她的老,因她笑起来疲惫的细纹:"我昨天啊,看电视上京剧音配像,《四郎探母》,萧太后有句话:'世间哪有长生不老的人?'真说得好。什么抢不抢,到头来不都一样。"遥控器上一按,《新闻联播》的声音填满整间房间。

母亲在电视前,微蹙眉,十分专注,仿佛也在思索国家大事——是为了不给自己空间思索其他吧?

她与方萱……

我的两位母亲……

有一则老笑话。男人一妻一妾，一晚到大老婆房里，大老婆欲迎还拒："我知道，你人在这里，心在那里。"男人答："既如此，我人在那里，心在这里，可好？"

永恒的问题：to be or not to be？人还是心；浅斟低唱还是浮名；身份，还是很多很多的爱？

总是无可选择地，得不到那男人的全部。

不能拥有，却割舍不下；无力抗拒，又不甘全盘接受。

——最后得到他的，是死亡。

而我看见爱情，是江湖上偶然掠过的一刀，却是如此的，格杀勿论。

也同样地，以咝咝寒光，剖开我的心。

所到之处，寸草不生。

深夜，辗转不能眠。

子夜的电话铃声比流星索还夺人魂魄，我飞也般接起，是宝儿："锦颜。"

我松口气："大小姐，几点了，怎么这会儿打电话呀？"

"咦，三折时间嘛，反正我知道你没睡。"那么远，她声音里的喜气却是近在手边的香花。"锦颜，房子找好了。"

我不自觉："这么快？"马上明了，这不是一个应当的反应。

宝儿缄默片刻，笑问："怎么，有别的打算？"言语软而俏媚，但她前一刻的宁静里有更多东西。

"不不，"我支吾，"我想，我想……你看，去那么远，人生地不熟，我经验又不够，不知道自己行不行……"我恨起自己的欠缺诚意，连借口都虚飘，"而且我一走，只剩下我妈妈和我弟弟……"

宝儿大笑："我还以为只有舞女，才为了老母与弟弟，挥泪如何如何呢。伯母才五十岁，不劳你照顾吧？没你这么个女儿在面前碍手碍脚，说不定第二春都找到了。"

我呸她："去你的。"

她极恳切："你当初刚进杂志社，何尝不是两眼一抹黑，还不是第一个月就拿最高奖。不是猛龙不过江，不过江怎么知道是不是猛龙？妹妹，出来闯闯吧。"

明月家家有，何处无黄金？我心又些微摇曳，如一幅在窗里窗外间徘徊的帘。但还说："让我想想。"十分敷衍。

宝儿突发奇问："你那儿现在是几点？"

我失笑："难道我们还会是两个时间？"

"当然是。"几个字掷地有声，全不像她，"你往窗外看看，还有几盏灯，几个人？整座城已经睡着了。但这里，灯正红，酒正绿，马路上还在堵车。这城是不夜的，不怕输，也不怕老，是永恒的掘金窟，有无穷无尽的可能性。"宝儿简直慷慨激昂，五四青年似的。

笑得我：该人的一张鬼嘴，天花都被她说得来不及地往下乱坠。

她顿一顿，如波希米亚女郎般泄露天机："——其实像你。"

我在瞬间被击中。

宝儿忽地婉转一笑："掷个硬币来决定好不好？等一下，"她声音含糊，"我来找个25美分的，比较重，也比较贵……"

如契约庄重。如承诺昂贵。

一片窸窸窣窣。"好，来投。正面是来广州，反面是不来，你要哪一面？一二三，"大叫一声，"快。"

我不假思索，脱口而出："正面。"

是早就决定了吧？

希望用自己的双手，活出生命的丰饶和尊严。然后才可以淡然谦卑地说："运气好而已。"除了运气，不依赖、不等待任何人。

只是，拒绝要怎样说出口？

有一篇著名的信，叫做《亲爱的约翰》：

"亲爱的约翰，我很不情愿给你写这封信，但今夜我必须要告诉你，我对你的爱已经死了，像草坪上的草已经枯萎，因为我遇到了另一个亲爱的约翰……"

我又何尝不是负心人？负了方萱的好意。

站在龙文住处的楼下，唇焦口燥，双拳握得紧紧，像要去打仗，可是周身都不得力，每一寸肌肉都踯躅不安，掌握不住方向。

而又是黄昏了，楼房与楼房都沉在彼此深沉的阴影里，梧桐在风里，扬起，是手掌般肥厚的叶，绿得那样深湛，可已有焦脆的黄叶，零星落下，渐渐铺了一地。

有些事，是否也如季节的流转，是不可抗拒的洪流。

隔着铁门，龙文的声音带笑带惊："咦，又忘了什么？忘忧忘忧，迟早把自己也忘光，"忙忙开门，看见是我，呆住，"锦颜，是你？"

突然向前冲了一步，仿佛想超越音速，赶在那几句话扩散之前把它们再吞回去，咽下肚，生生世世不见天日。

我已经变色："你以为是谁？方萱？"

他窘迫，悲戚，无所遁形地闪缩着。

"你怎么会当是她？因为，因为她刚刚在这里？因为你们住在一起？她人呢？"我尖叫起来，"她人呢？"

龙文抬起头，淡淡："她今天在那边。"

她今天在那边？

多么普通的六个字，却像晴好天气里无端端，一记九天的惊雷。

没来由地，我呼吸急促："但是有时在你这一边？是这个意思吗？或者是，还有一个那一边……"不敢再问。

以沉默互为刀剑，我们对峙。片刻的光阴竟如此难耐，空气仿佛不流动，汗水缓缓，流经我的面颊，涩且笨拙。

他忽然笑了，头深深一点，承认一切也承担一切："是，我们一直在同居。锦颜，你现在明白我父亲为什么不让我进门了吧？"

正熊熊燃着云霓，仿佛一抹天的腮红，合着酒意，姹紫嫣红，微醺的绽放。我却听见雨声，大珠小珠间错着——原来是空调的滴水，打在下一家的防雨篷上。

一切都乱了。

是我的耳朵欺骗了自己？还是这大城，原本就充满种种错觉、不可思议和人工的荒谬？

阳台上，沉默与微昏，但有花香，晶莹晶莹地在黝蓝的暗中摇摆。

我看见一盆小小的白花，琉璃一般影影的半透明，纤长的花瓣失神地摊开，仿佛一滴滴忧愁的、长长的泪。风来，它颤栗地起舞，是女子小小的白裙裾。而忽然，那围绕不肯去的花香，涨满于整个空间。

我喃喃："是她。"那是我已闻惯的方萱的味道。她以香气述说的灵魂。

龙文的声音静静，响自身后："去年我出差去法国，在巴黎找到了它。异国他乡，陌生的花店里，抬头门外却站着方萱。当时是深秋，巴黎的风是淡灰色，人人身上都像覆了尘埃。我看见她，海上大火般灼红的大披风，发飞扬，是黑的，脸却像桃花。她隔着玻璃门，默默看我。因为……太清楚是幻觉，所以就哭了。"

我低了头："这是她最喜欢的香水气息。"

"可是在花谱上，他们叫它 Dancing Lili′s Tear——跳舞女子的泪。"

我突然问得急切而不容情："为什么？"转过身去，"怎么发生的？"声嘶力竭，像是哀求，"到底是怎么一回事？"

龙文只道："起初，我还以为我们可以一生一世。"

初相遇，其实狼狈。

他刚刚归国，不想在亲眷的公司里谋职，正好看到"忘忧草"的招聘启事，便去了。

正在大厅一角的沙发上看报纸，等待老总前来面试，忽然门口有些响动。

也许因为低低坐着的缘故，她看去分外高，正在门口与人说话，一脚里一脚外，欲进不进。背后是光，她身前是幽暗，她的红衣微微地扬起来，伤口一般疼痛，却被门框夹制住，是渐渐凝住的血。

秘书迎上前去，把他的情况一一向她解说。她只看向他，微微一笑，双目一闪。或许因为大厅在底楼，窗外有绿荫，她的眼睛狐一样娟媚，深墨色。

原来她就是方萱。

感觉十分奇异，像举目一望，周围景致与自己手中探宝图毫无二致的惊喜。

方萱一直是父母的谈资。到紧要关头，父或母会咳嗽一声，支开儿子，眼中充满愉快的光，非常之心有灵犀。

更提醒他的借势延挨。

不过多听得三句五句，支离破碎。

其余的，都是古书上的□□□，于无字处写着更多，以少年的好奇心补足。

他只是坐着，瞪着他，却无端端，脸上火辣辣，心下惊慌。她走向他身前，俯身，伸手，仿佛要与他一握。他突然跳起来，折身逃走。

真丑真丢脸，因为知道，逃得更快。

听见方萱笑了，那花雨似一路洒下来的笑声。

此后，他常常忍不住反手抚一下自己的背，仿佛还沾着一朵朵的化雨。

还是去了忘忧草。

托人说项。

请客吃饭一次。

还是有点尴尬，叫她"方阿姨"。自己也不明白脸上一阵阵的红潮，所为何来。

她只如前微微一笑，掉过脸去，接着与旁人说话，声音如素丝滑腻，越发衬得所有人的吵。她倚坐在沙发上，深绿碎白花长裙撒开，是一夜盛开的梨花，放着香。

龙文总结："她那时，喜欢穿红着绿。"

跋扈的、攻城掠地的颜色。

他在饭桌上，才有机会，偷偷地、放胆看她：要把她的每一根线条，每一个表情，像镌刻一般，细细地，在心底最柔软的地方，印实。

心底像"咔"一声灯火大亮，模糊的影痕，一一清晰。

就这样去了忘忧草。

龙文说："打杂的干活。"

时时在起草、打印往来信件。有些给海外华人的，依着方萱要求，毛笔恭楷。他的魏碑，一张一张，墨迹深浓、铜筋铁骨。却听见脚步声，轻而软，几近无声无息，一步步接近。他只勉定心神。

忽然那香气。

笼罩下来，自身后。若有若无，偏又无孔不入，像一只忽然的手，一下一下探着他。

她的呼吸在他颈背，如兰花。

她的整个人。

他笔底全乱。

她拍他一下，笑，似嗔似怨口气："唉，字正即心正，心偏到哪里去了？"

她活色生香地，在他耳边，悄声问他：他的心偏到哪里去了？

也曾严厉地斥喝过他。

他与人家约了一上班就去谈合同，却忘了是初秋时节，许多单位都改了作息时间。等他跑去，人家走光了。

事后，方萱传他进去，二话不说，摘下腕上金表，甩给他，表情峻厉："以后，不许再拿不知道时间当做借口。"怒视着他，忽然笑了，"我的表，可是走得格外准噢。"

隔着桌子探过身来，捉住他的手腕，他的手软得自己提不起来，只能眼睁睁看他，替他戴上，扣好叉簧。嫣然一笑。

半日，龙文不再说话，而他腕上的金表，灰灰地金着，那暗哑的光，像老记忆，或者时间本身。

我些许难堪。

或许，她不是有意的吧？像桂树在月夜里放香，与月

色或者夜晚的静都无关。爱与妩媚不过是种本能，流动着，恣意的。——却自此种植在他心上了。

我问："龙文，爱就是这样开始的吗?"

他摇摇头："不，更早。"

"龙文，"我轻轻唤，竭力笑，"我上中学时，也喜欢过比我大很多的人。"

地理老师，无可紧要的课，他本也上得马虎。二十几岁大男孩子，下课后，与学生一起在篮球场上，生龙活虎，汗珠洒在操场上……

天天，隔着万头攒动，贪慕地看一眼。芳心可可，无计可消除。

然后我长大，英俊的地理老师结了婚，不打球，发胖，傍晚趿着拖鞋拎着毛巾去洗澡，还养了一群鸡。有时抱着孩子散步。

自迷恋始，至幻灭终。太阳底下原无新事，摆脱少年情怀像抛掉一件过时的衣服。此刻我突然惊觉，那原只是段苍白陈旧的剧情。

龙文却只不发一言，他的脸沉静不语，唯下颏倔强扬起，是这样的一个异数。

那时，每天下班都有一辆车来接她，总有一只手，伸出来替她推开车门，人却永远隐在车窗后，无声无息。

他只觉得那手，一下一下推在他心口上。

像有上下两排牙齿咬着他似地疼。

唯其因为不明所以，所以更痛。

他们熟得很慢，因为隔了年龄，隔了老板与小职员之间的无穷梯阶。但终究是说上话了。她恒常专注聆听，静静，看他，也看他身后的天光，双目如冰，却沃着笑的影子。

他安了心，不知不觉，说了很多。

突然有一次就问："你是不是有很多男朋友？"

仗着年轻，单刀直入。

她愣一下，答："是。"一个字。

也不掩，也不遮。

那一年，他出差至漠河。如果夜与昼，尚可在这极地混淆，那么，还有什么不可以？

他寄出的信，一直一直，没有回音。

甚至无从揣测她是否收到。

只是写。写巴黎深蓝的夜，漠河永远不黑的天；曾经爱恋的金发女子和北地红袄的村姑；工作和压力，烦心与人际；有时抄一首雪莱，她看不看得懂都在其次。

后来他回来，永远忘不了方萱看到他，脸上微微的晕红。

她脸上竟微微晕红。

他惊得不能前进，他居然，触动了她内心的弦，乐声清越扬起。

随后种种，如箭在弦上。

我禁不住问："龙文，如果今生不曾遇见她，是否所有的错误都不会发生？

许久许久，龙文才回答我："但我遇见了她。"

——就好像，我也遇见了我的他。

只是，他并非独一无二。

那些暧昧地，调笑地，挤眉弄眼的眼光。

不带恶意，只是好奇的那些，更加刺心，像一鞭一鞭抽在他脸上，难堪地疼痛。

还只能装着一无所知，笑。笑容里分明是鞭痕历历，红肿青紫，人却只以为是吃饱了，红光满面。

她说得坦白："龙文。我生你未生，你生我已老。我的几十年岁月，不可能如睡美人，静静睡着，等王子的一个吻。如果我说我没有其他的男人，那是骗你的，"有点为难，"这你，其实也是早知道的。"多么委婉与锐利。

早在不曾相爱，早在父母的谈资里。

甚至不曾对他说过爱，对他纠缠的追问，有时一场眉："自然认真。不然何必冒天下大不韪，男人那么多。"有时又逗他："咦，只想吃块豆腐，谁知道被豆腐哽死了。"

两种答案，一样刺心。

天静静地黑，龙文在暗里说："但我还是爱她，真下贱，比在乞儿碗底挖残羹更下贱。"回身突然按开了灯，一室眩惑的光。

而他在黑与光的交错间，低低道："一直都无耻。但因为有爱，所以不羞愧。"

父亲在震怒里老泪纵横，"你走，我没有生你，你跟她不清不楚——"而他一跤跌在楼梯间，轰轰滚下，外头正

172

下着大雨，一个霹雳连一个霹雳。像天谴。

被雷劈死倒也罢了。他想。

裹着一身水，他拥紧她，在她发间的暗香里，问："你是我第一个情人，而我，可不可以是你的最后一个？"

而她吻着他，吻着雨水、他的血、眼泪、汗水以及他的爱，她的吻温暖干燥，如小小的火花。"给我时间。"她说，"我会。"

我"嗤"一声笑出来，比哭更苍凉。

连借口都是一样的，男女之间竟可以相似至此。

但我，但这样的谎言都不曾听到。

龙文冷笑："时间？即使什么也不做，时间一样滴滴答答过去了。"

我不自禁对方萱起了护卫的心，质问他："你妄图什么？她在报纸上登一纸广告'某门某氏，早已姘离；某某二氏，本无契约'？除非她想做总统，而你是宋氏三姐妹中的宋美龄。"

龙文恍若未闻："我其实已经认了。"十分咬牙切齿地放弃，"毕竟那是她的过去，不能连根拔去……"甘愿容纳百川，一如大海，"只要不再有。"

却据说，戒情人，一如戒烟、戒酒或者戒毒品般艰难。

有流言，如巨风起于微尘。

方萱换下的衣服上，一根金橙色的短发。他拈起，那该是一个极年轻、还在扮酷的少年吧？——一如多年前的自己。

我说："不见得吧，现在人出出入入，在哪里沾到都是可能的。"

他笑："是在我从法国给她带回的手工真丝刺绣胸围上。"

我问："她怎么说？"

并不曾向她提起过。所谓怀疑，其实不因一根发的重量而有所增减。

人传欢负情，我自不曾信，直到，直到直到直到，子夜开门去，看到——

龙文突然笑了："锦颜，你知不知道，做爱跟带着耳机唱歌一样，都是当事人陶醉其中，欲仙欲死，旁人见之欲呕。"

我心中剧痛。

龙文龙文，到现在你还开得出玩笑。

当时，只狂乱地把满天满地的东西往地下摔。他恨不能将这世界全盘毁灭。都是些身外物，留不住，与他无干。

一把操起床头柜上的花瓶。

她一直就那样，披毯，花团锦簇地坐着，任他发泄，此刻突然出声制止："那是元瓷。青花釉里红六方瓷。"而瓶中雏菊金灿。

他一怔，更是狠狠一砸。

心碎的声音，原来有如青花瓷器坠地的瞬间，这般清脆与美丽。芬芳的、沾着花瓣的水溅到他脸上。

她霍然站起，扇了他一耳光："你是什么东西？无名无分，轮到你来吃醋。"毯子滑落，她亦不顾，裸身而去。

我失声："她怎么能够这样说？太不尊重人了。"脸上发烧，她不可以她不应该她不对，即使她是我的母亲。

我握住龙文的手："龙文，离开她。"

方萱并不解释："我这个年纪了，不饮食男女，难道还去集邮不成？龙文，我只是血肉之躯。"而他的爱，太沉重。

最后的欢爱，竟清净无汗。清晨方萱远远坐在床边，发披下来，闪着闪着，内里渗了无数的银。她的老让他的心抖颤。

方萱有点恍惚："奇怪，你睡觉的样子像孩子，可是你的身体已经完全成熟了。"

啊，我们的身体突飞猛进，我们的心灵却追不上了。他眼一花，原来是泪。

相爱时难，但离开她，只有更难。

一个人的空间，越住越空旷，她忽然又打电话给他。

他缄口不语。我已明白了："那是几时的事？她刚刚找到我是吗？"

他仍不响。我便替他说："她让你接近我，并不是为了照顾我？"

极其难以启齿，龙文表情变幻，吃力地唤一声："锦颜。"

我只想着这事。

或者我应该暴跳如雷。把用过了的男人交给我，我失

笑，是废物利用，还是大甩卖？她转移情爱之漫不经心像搬移物件。但我只记得，她从腕上摘下金表，一甩。

她行事只如此大气纯挚，不思其余。偏偏笑起来，双眼微微一眯，流离如狐。

不见得不是好姻缘。龙文有一切好丈夫条件，我终身有靠；他可以与家人和解，修补父母的伤心；方萱既方便照顾我，亦将所有她爱的人留在身边……

多年来，她是缺席的母亲。反而更像个天真的孩子，不知该怎么示给人家自己的感情与慷慨，于是搬出所有的玩具：都给你，好吗？我的拒绝明确肯定，但她的好意……像怯怯的触摸，我动容了。

龙文垂头："对不起。"

我不知如何应对，只拍拍他的手，叹一口气："伊龙文，你对不起你自己。你现在怎么打算？"

他一径低头，如伏罪："我本想，得不到她，得到她的翻版也是好的。但……"说不下去。

我自嘲："她是曹雪芹增删三次、钗黛捧阅、麝月装订、脂砚斋洒泪点评的《红楼梦》手稿，我是后来几十家出版社群雄并起印制的几百万套普及本中的一套。"嘘一口气，十分真心，"方萱，是不世出的。"

但龙文只怔怔的，良久，小声："你也是呀，你是百分之百的庄锦颜。如果我不曾爱上她，我一定会爱上你，如果，"他忽然苦笑，"如果当初，我认识的是你，该有多好。"

校园，五月的碎丁香，雨，女生的蓝裙微微湿了，马尾辫子轻轻甩荡。

假使有来生，是否可以在你这般的年纪，便与你相见？

他的渴望，像尘世对伊甸的渴望。

"你心地好、脾气好、俏皮明快、体谅人的弱点而且尊重感情，珍惜人家的和自己的心。这些优点，她全都没有。她用情到最深的时候也掺夹了冷酷。"几乎把我说到天上人间。

"但是，"龙文缓缓笑，一个笑容要牵动二十七块肌肉，必须竭尽全力，"我爱她。"如此磊落自若。

如果爱你是犯罪，那么，我愿意；如果爱你便是背弃家人、伤害亲朋，沦为败类，那么，我愿意；如果爱你，便是将灵魂卖给魔鬼，并且生生世世受地狱的烈火焚烧，那么，我愿意。

我愿意单枪匹马，与全世界作战。

龙文的眼神这样说。

我只沉吟： "你大我两岁，她二十三岁那年生下我……"如此一目了然，我惊心，不敢得出结论。

良久，龙文低声道："因爱而生忧，因爱而生怖，若使离爱者，无忧亦无怖。"

"龙文。"

我忽然渴望，与龙文像兄弟姊妹般拥抱，痛哭，互诉心事。我们竟以同样的姿态，爱上同样不可能的人。

相爱之初，我何尝不知最后的结局？

他只微笑："金庸说，无爱不是孽。"

我迷惘地、不知所措地问："龙文，你到底有多爱她?"

他仍然笑，眼中隐约含着泪的光："我对她的爱像一个名人说过的话：无论前面是地雷阵，还是万丈深渊，我都将奋不顾身，勇往直前，鞠躬尽瘁，死而后已。"

猛一抬头间，窗外天已全黑。

龙文只站在我背后，忽然幽静地说："那种她最心爱的花，Dancing Lili's Tear，它的花语是爱之奴。"

我只说："我累了。我想先回去了。"

很想很想，倒头就睡，把时间睡成一片黑，翌晨醒来，仍是明丽的日子，秋在很高很高的天上摇着铃，空气里微湿的尘气。所有灼痛的记忆，只沉在昨夜的黑河里。

这样疲倦，见到客人，脸上还得挂一个笑，是母亲的股友："周伯伯，你来了。"

他仓促地应，忙忙站起，仿佛想告辞，母亲看他一眼，他又犹犹疑疑坐下。

过一歇，周伯伯咳嗽一声，与喉咙不适无关的一种咳，母亲但低头不语。空气僵着，电视里只管鼓乐喧天，屋中那难耐的寂静，却听得更分明。

怎么，股市又狂泄了?

草草洗把脸出来，母亲早把给我留的饭端出来。我一看，欢呼一声。

我喜欢吃馄饨，香菜、虾仁、瘦肉、鸡蛋……千般滋味，统统碎尸万段，缠绞着，难分彼此，末了用一张面皮收拾起。水沸了，馄饨争先恐后地浮起来，都胖了，面皮薄透如春衫，此刻半融，透出内里肉色隐约，每一个都是小小的秀色可餐。

我急不可待，先喝一口汤，烫得嘘嘘连声。心便定了。

他们说：这是一个瞬息万变的时代，但永恒是有的，像一碗香浓的馄饨，传说发源于宋体，世界各地的每家唐人街馆子都有售，真正的地老天荒。

母亲说："锦颜，我有话跟你说。"

哪里嘎嘎，是椅子在焦躁扭动。

我头也不抬："说嘛。"

再喝第二口，母亲突然哭了起来。

她像一个小女孩般，双手掩面啜泣。

"当啷"一声，汤匙直坠，溅我一脸汤，满天星似的烫痛。我扑上去："妈妈妈妈，怎么了？"手忙脚乱，"别哭别哭，有事好好说，大家商量。"

各种噩耗在我心里大起大落，翻云转浪，我手脚冰凉，却还强作镇静："妈，你冷静一点。"递来一张毛巾，我胡乱为她揩脸，扭头是周伯伯，垂手，尴尬无语。

我十分疑心，又无暇多思。

母亲只呜咽："锦颜，是上次体检……"

我脑子里"轰"一声，"什么病？"

"先怀疑是肺癌，"我情不自禁拥紧她，像拥住生命唯一的保证，"今天确诊了，是原来得过肺结核的钙化点。"

她的头伏在我胸前，发染过了，发尾却仍是白的。

我声音抖颤："肺结核？怎么，怎么都不知道呢？"心中何等愧疚难过。她对我，倾全心尽全力，却是枉费的，我竟不曾守护她照顾她。

周伯伯小心翼翼答腔："医生说，是有这种情况，得了肺结核，过一段时间自己就痊愈了，都不知道得过病，也没有后遗症。"

母亲还抽泣，我抚着她拍着她哄着她："没有后遗症就好，我们以后慢慢养。妈妈，你要定期去检查，还要多吃养肺的东西……"

母亲戛然而止，抬头异样看我，半晌："唉呀，不是我，是老周啊。"

周伯伯？他的病关我们什么事？

母亲声线低徊不已："本来，只想做个朋友，聊聊天，喝喝茶，一起炒炒股。但是经过这一场……我真是吓得不轻。我们想……"她眼皮羞怯一垂，如蝶之闭翅，刹那间周身溢满少女般的柔香。

周伯伯只管坐立不安，眼睛躲躲闪闪，千咳万咳，嗓子要破掉也似："在一起，互相是个照应……"

我瞠目惊舌，几乎冒出那句电影电视里常见的及永恒的台词："我不是在做梦吧？"

屋中轻微沉静，蕴了他们期待的眼光。

如孩子在乞求糖果，两张皆已老去的脸。心中的愿望，是黧黑大树春日生出的新叶，鹅黄柔嫩。

我打破了寂静："太好了。"这世界毕竟有所可恋，"你们要结婚?"纵然是这样小小的、略略荒谬的轻喜剧，"恭喜恭喜。"即使金童的发已灰得忧郁，而玉女年老记性不好，时常记不起钥匙放在哪里。

但爱的喜悦，远远超越时间的不朽，比生命中所有的失望更加强壮。

只忽然疑心起来："妈妈，你刚才到底是在哭，还是笑?"

母亲满脸飞红，女中学生般，打我一下。

传真至宝儿处："老房子着了火，我正在帮忙让生米煮成熟饭。所有事务顺延两周。"

她的回电热情万丈："绝佳创意。下期选题即为：老房子着火后，谁来让生米煮成熟饭? 请借着公私两便，准备一组采访稿、两篇言论稿（最好针尖对麦芒，大打出手）、资料一辑、照片多张……"

唠叨半晌，最后说："我爱你，锦颜。你是我的福星。"
这个庸俗、滥情而又可爱的工作狂。

结婚……不过是桩事务吧?
只非常繁乱。

写申请。开介绍信，因是再婚，还需要计生部门的证明，我愕然："有必要吗?"但形势比人强。

房子略做装修，到处覆满旧报纸，涂料辛辣地绿着，摊了一地的瓶瓶罐罐，每个人都咳嗽、打喷嚏、流眼泪

……像吸毒上瘾。

无数的琐碎如黄沙从头上洒下来，迅速将人埋没。又得换窗帘。

母亲在织金织银一墙的长帷幔前忽而掉过头去，低声说："锦颜，今年结婚的，本来应该是你。"

心如宋词哀戚怨嗔，我却只淡淡："当是模拟考试，真刀真枪的时候就比较不慌张。我喜欢有叶子的。"摊开一片广阔的绿森林。

母亲仍然沉吟："在广州，遇到好男孩子……"

我截住她："我不会放过他的。拿刀逼在他脖子上也抢他回来，"双手屈个鹰爪，"如狮搏兔，全力以赴。噢呜……"龙啸狮吟。

母亲微微不悦："我跟你说正经。"又悄悄道，"这里的事，你放心，将来新房就直接写锦世的名字。还有，我跟老周说过了，他的钱我不沾，我的钱都给你们。他也同意。这种事，先说清楚比较好。"

她最爱的，永远是我与锦世。

忍不住问："妈妈，周伯伯快七十了。等你七十岁……"

母亲微笑："如果这样算，今年，我五十四，你爸爸，也是五十四。"

家具电器，以及等等等等。锦世不胜其烦，向我嘀咕："有什么好结的，这么麻烦，同居算了。"

我喝道："闭嘴。"

《神雕侠侣》里的杨过与小龙文，一个纵横傲阔，睨视众生；一个细雪容颜，不闻世事。成婚之前，同处一室，仍刻意月白风清。

连他们都依赖婚姻的支持，需要一纸婚约对彼此身份的确定与保障，因为求之不得，几成终生目的。

何况我们这些凡夫俗子。

同居是多么危险的游戏。

得到慰藉，却不必付出自由。是没有海岸线的情欲之海。缺了保险丝的宴会彩灯。

大约，只有方萱可以从容玩之吧。

宝儿那边催得急，我百忙之中，清理自家细软。

衣裳？尽是破衣烂衫，没一件超过三百大元，不带也罢；书？三书架，从何取舍？《辞海》最得用，但背不动；日记、相片、小装饰……我也曾是伤花悲月的无聊女子。

忽然掉出一张信纸来，碳素墨水，永志不忘地深浓着。我却只是镇静地，放回原处。

说什么不离不弃，莫失莫忘呢？除非是我的身份证。

我却想念，早已离开我的爱人。

在文件、案件、众人的酬酢之间，他还记得那个被他抱了千里万里的黑狸猩吗？咧着大嘴的狂喜表情，与他一般的黝黑肤色。

还有那些小小的纸条。

他是否也该念得会背了呢？

人生路上，他再不会遇到另一个女子，曾如我爱他那

么多。

门铃响了好几声，我才听见，跳起来。

是个帅气的男孩子，狐疑打量我："请问，是姓姚吗？我姓周。"

我灵光一现："你是周伯伯的……"他答，"孙子。"

我连忙开门："快请进。我妈妈不在家，进来坐。我姓庄，叫我小庄吧。"

他只不理会，一开口即咄咄逼人："我爷爷要结婚，为什么我完全不知道？"

我笑："你现在不是知道了吗？老年人做事比较慎重，不有八九分，不会轻易宣布。"

周小生连珠炮发："只是宣布，完全不跟我商量一下？这么大的事，我一点准备都没有，怎么接受？"

浓眉大眼，非常稚气地紧皱着。连连质问，像天塌地陷，来不及地过度反应。

居然上门兴师问罪，我大乐："你是令祖父什么人？"他一呆。

"法定监护人？他做事必须要向你请示汇报，等你恩准？你多大？十八？二十？"

他抗议："二十五。"

我悠然道："他六十八了。盐和米，桥和路，你也知道这个等于关系。他要做的事，何用跟你商量？听周伯伯说，你也读过大学的。"

他警惕地看我，不响。

教训他如教训幼弟："我就不懂了。旧道德讲一个孝，孝即无违。新思想说要宽容，容许每个人有自己的生活方式。奇了，"问他，"你这般怒火万丈，是从何说起？"

像熊熊火焰瞬间黯了，却不肯轻易服输，半晌他挣出一句："也要给我时间接受啊。"

我差一点脱口而出："克林顿拉链门事件要不要你接受？"只道，"各人的命运各人自己接受。"说得极慢，像一个字一个字加了着重号，"与你有什么关系。"

该小生嗒然若失，忽然转身就走。我哭笑不得，喝道："回来。"

问："你要去哪里？你就这样走？不说一句祝福的话？"他低头不语，我放柔口气："坐吧，茶还是饮料？屋里乱。起码你得告诉我，你叫什么吧？"

周靖，靖为升平盛世之意，爷爷起的名字。父母去世得早，是爷爷带大的。

纸杯快被他捏扁，冰咖啡像柔软琥珀般起伏，他忽然向桌上一靠："我一直想，长大后要挣很多钱孝顺爷爷。"他失去了他。

我温声："就是因为生活无忧，儿孙成才，你爷爷才有闲心觅一下清福。我母亲是典型的贤妻良母，跟你爷爷又是老朋友，他们会过得好。"他有更好的命运。

他头一抑，又一仰，问得率直："他们是否相爱？"甚至胜过母子、爷孙之情？

过了很久很久，我说："你知道结婚申请怎么写吗？'男，某某某，年龄；女，某某某，年龄，符合婚姻法所规定的各项条件，到达晚婚年龄……'"

爱情与否，不必提起。

第二日，便拿了证。

姚岫云，母亲的名字何其秀丽婉转，写在结婚证书上，是一段江南女子身世。母亲只微微红着脸，艳好非常，浑不似寻常中年身份。

与周伯伯一路牵着手。

两个身影，羞怯地，靠得极近。

下着影影的雨，银灰，在风里斜斜扬起如花瓣，终无声坠下，长长地滑落，裙摆上一斑一斑的圆痕，豹纹一般。

益发提醒我"娘要嫁人"的老话。

无可庆祝，只举家大吃一顿。

每道菜周伯伯都先尝一口，轻轻提点母亲："有点辣。"或者，"这个清淡。"母亲便拈个一筷半筷，细细咀嚼。

周靖先鲁直地端着脸，渐渐嗓门就大了，与锦世讨论足球，"臭球臭球"声不绝。

合家皆欢。

我只喝酒，越喝越暖的酒。心里小小地，不知是安慰还是疼痛。

母亲嫁了，我走了，锦世仍是无所挂牵的新新人类。再回将是多久，半年，一年？母亲会否憔悴，锦世再闯祸谁替他收场，我在夜里醒来，周围是陌生的黑……

凄凄惶惶地徘徊着。

不知不觉，便出了一头的汗。

谁的声音蓦地在耳边："爱出汗的人，性子一定急。"

众人喧着嚷着，一时，我只听见死静。

对周靖附耳："我们来敬酒吧。"便哗然而起，闹闹笑笑混过去了。

酒阑人散，天已将晚，雨早已止歇。澄蓝，三两点星天外，四五个人，哗一下便散尽了。送二老回家，对他们："我今天到她那边住。"——总得留他们一个二人世界。指挥若定，送锦世回学校，送周靖回周伯伯住处。

周靖竟依稀不舍："你去哪里？"

我与他握一下："改天见。"

酒蒸在脸上，如夏日向日葵，金胀的红。渐渐华灯初上，人流稀少，人行道上一带寂寞的彩砖，全是水迹，映着灯的流丽。

身后，"哞哞"的汽车喇叭声。

墨绿色小牛犊静静停着。

美丽是怎样一件事呢？

我看见方萱笑盈盈站在车旁，着蓝长衫，孔雀一样明艳的蓝，脉脉垂到脚面，没什么样子，胸口却睡一朵白莲。衣裳有三分皱，花瓣便像无风自动。

她花精树魅般的容颜。

龙文只背着手，站在她身后三步之遥。

与她，隔着光阴，不能相近。

方萱问："喝了多少酒？"

我抚抚脸，愉快地笑："两瓶红酒，基本上是我一个人干掉的。看，怎么得了，酒量还会进步，以后想借酒浇愁都难了。"

她笑："你也是海量。"

"也"？

是父亲吧？最可能是她自己。

到如今，她是否真的记得父亲的容颜？

我说："你既然来了，刚才怎么不进去？结婚是喜事。就家里几个人聚一聚。"

她有点赌气："我没有结过婚，我不知道。"

我笑："你随时想结婚，只怕都有两三个候选人。"

"我答应过你父亲，永远不结婚。"

酒意冲脸，我大笑起来："你有什么必要结婚呢？我们结婚，要么为房子，要么为性生活，要么怕失去对方。你哪有这些问题？结婚是两个人，不结婚好几个人，何去何从？"

她嗫嚅："都是龙文乱说。"声音细如蚁鸣，"我知道你看不起我。"

脸涨得通红。如此愧怍。

这般娇媚不老的脸孔，原来也不曾被时间放过，她的内心，每一分肌理都是千年之身。

我安慰她："谁会看不起自己的母亲？"

　　她一震，良久道："锦颜，我以为你不会认我的。"

　　我诧异："不认自己的母亲？"鸡鸣之前，彼得将三次不认主，"你的私生活，是你的事，我喜不喜欢都不重要。但你，永远是我母亲。"我温言唤，"妈妈，不要想那么多。"

　　渐渐有泪盈于她睫："但你还是要去广州？"

　　"是，我也想尝尝创业的滋味，头破血流蒙个创可贴就是了。龙文，'锦颜之梦'找人帮我看一下吧？春节我还要回来，在里面喝茶吃巧克力呢。"

　　龙文不做声，只点个头。

　　我说："我要回家了。妈妈……再见。"

　　方萱上了车，小心翼翼捧着我给她的小小花篮，里面盛满甜蜜糖果：牛轧、巧克力、话梅……阿甘说：生命是一个巧克力盒子，你永远不知道下一块会是什么。

　　这边以为我在那边，那边以为我在这边，但我只寻了个清净宾馆，杀杀价便住下来。

　　手机响了："喂，我是周靖。"

　　我有点诧异，"忘了什么吗？"太疲倦的一天，我用力梳着雕塑般僵住的头发。

　　"是，"他答，"我忘了问你，你指的改天是哪一天。"

　　刹时间，我以为自己沦为滥俗港产喜剧爱情片的女主角，愣住半晌，然后纵声大笑。雨过天青，窗外星子闪烁，夜空蓝不可测。

生命中到底埋藏着多少意外呢?

半晌我才止住笑:"你希望是哪一天?"

他毫不犹豫答:'明天。"

我有三分正色:"你有没有想过,如果我们将来结婚,我们的孩子,将怎样称呼你的祖父,我的母亲?"

他答:"地球人口已经突破五十亿,生态压力越来越大,我不欲给它再加。"

我几乎想要喝彩,多么精彩的对话。

我只道:

"明天我很忙。"

他不屈不挠。"后天呢?"

"后来我要去广州。"

"咦,真巧,我刚刚跳槽到广州的一家公司,可以一起去。"

我呵呵笑:"再说吧。"

"好,那我明天打电话来说。再见。"

周靖。

他明天或许还会打电话来,或许不会。

我也许会答应,也许不。

也许是一段美好感情,也许不。

也许有所未来,也许不。

但无论如何,离开红玫瑰,还有白玫瑰是床前的明月光;离开白玫瑰,红玫瑰仍然是心头上的那颗朱砂痣。生命原是一轮可选择、可重来、可以一次次重演的游戏。

　　红白玫瑰都失去了，不要紧，还有黄玫瑰、蓝牡丹、白莲花……在人生行路的两侧缓缓盛放。

　　不是每一场舞都会心碎吧？

图书在版编目(CIP)数据

心碎之舞/叶倾城著.—北京:新世界出版社,2010.2
(倾城之恋系列)

ISBN 978－7－5104－0743－7

I.①心… Ⅱ.①叶… Ⅲ.①中篇小说－作品集－中国－当代 Ⅳ.①I247.5

中国版本图书馆 CIP 数据核字(2009)第 241384 号

心碎之舞

作　　　者	叶倾城	
责 任 编 辑	刘丽刚	
封 面 设 计	贺玉婷	
责 任 印 制	李一鸣　黄厚清	
出 版 发 行	新世界出版社	
社　　　址	北京市西城区百万庄大街 24 号(100037)	
发 行 部	(010) 6899 5968　　(010) 6899 8733 (传真)	
总 编 室	(010) 6899 5424　　(010) 6832 6679 (传真)	
本社中文网址	hhtp://www.nwp.cn	
本社英文网址	hhtp://www.newworld-press.com	
版 权 部	＋8610 6899 6306	
版权部电子信箱	frank@ nwp.com.cn	
印　　　刷	三河市杨庄长鸣印装厂	
经　　　销	新华书店	
开　　　本	880×1230　　1/32	
字　　　数	110 千字　　印张:6	
版　　　次	2010 年 2 月第 1 版　2010 年 2 月北京第 1 次印刷	
书　　　号	ISBN 978－7－5104－0743－7	
定　　　价	22.00 元	